We Zwei im Regen

Wie Zwei im Regen

Geschichten, Erzählungen und ein Stück

von

Patrich Michael Nitti

ISBN: 3-8334-0048-X

Für sie
Für seinen Freund
Und für all die anderen

Inhalt:

Wenn man oben steht,
egal wo,
man muss nur schauen, und nochmal schauen,
und ganz genau schauen;
man wird bestimmt viel erkennen.

Es gibt zwei Polizisten, die manchmal auf der Kreuzung stehen und bei regnerischem Wetter versuchen, den Verkehr zu dirigieren!

Der eine ist total durchnässt und in seinem Gesichtsausdruck ist zu erkennen, dass er im Moment überall anders sein möchte als gerade dort, wo er steht.
Seine Mütze ist ganz durchweicht vom Regen.
Seine nassen Haare fallen ihm in die Stirn.
Nur widerwillig winkt er die Autos weiter.
Sein Kollege dagegen steht stramm, mit seiner Pfeife im Mund, inmitten der Autos. Über seine Mütze hat er einen Plastikschutz gezogen.
Jederzeit bereit, für seinen Dienstherrn zu erledigen, was zu erledigen ist. Pflichtbewusst, jedes Wetter trotzend.
Dem einen geht es gut, dem anderen schlecht

Sind es verschiedene Mentalitäten oder nur Glück und Unglück ?
Schicksal oder Zufall?

Vielleicht einfach eine Mischung aus allem

Gesichter der Stadt

Er hatte einen schönen weiten Blick vom Dach seines
Hauses.
Oft kam er hoch, nur um zu schauen.
Weit über die Stadt.
Eine kleine Bank war auch dort gestanden.

Nach Süden war die Altstadt zu erkennen.
Die Altstadt, die mit ihren vielen Türmen und Kirchen und
Erkern aussah wie aus einem Bilderbuch, nachts bestrahlt
mit weißem Licht.
Im Osten die Silhouetten einiger Bankhochhäuser.
Wie Gebilde, die sich aus tausenden kleinen Lichtern
zusammensetzen.
Im Westen der hohe Fernsehturm.
Das große leuchtende Riesenrad darunter.
Das Riesenrad, das jedoch im Winter immer wieder
abmontiert wird.
Im Norden ein paar Bürokomplexe, dann die Kräne des
enstehenden neuen Stadions.
Irgendwie weit weg.

Hinter der Altstadt konnte man sogar die Häuser der
weniger guten Viertel erkennen, so wie die vielen schnell
hochgezogenen Einheitsgebäude im Norden.
Schwerer zu erkenen die weiteren Gegenden, die nicht so
schön märchenhaft waren wie die Altstadt;
sowie die vielen Vororte, die gar nicht mehr so gut zu
sehen waren.
Vororte und Vorstädte alle wohl gleich, von weniger
Signifikanz.

Er konnte sie so gut erkennen:

Die vielen Gesichter der Stadt.

Dann blickte er nach unten auf die vielen engen Straßen.
Auf die vielen Häuser und Lichter
und versuchte sie zu erkennen:

Die vielen Gesichter der Stadt.

Seine erste Geschichte

Nach langer Zeit musste er daran denken wie er seine erste
Geschichte schrieb.
Sie hieß ´der Geschichtenschreiber`.

Sie war, wie alle seine Geschichten, irgendwie wahr.
Dann natürlich auch nicht.
Doch irgendwie schon.

Er hatte sie für ein Mädchen geschrieben. Wie viele andere
Geschichten auch.
Es war wirklich so.

Sie waren auf ihrem ersten Rendezvous.
Hatten auch vom Schreiben geredet. Er hatte es wirklich
lange vorgehabt.
Doch nie hatte er sich getraut, sich hinzusetzen, um etwas
wirklich zu schreiben.
Er wollte eigentlich nicht lügen, höchstens etwas angeben,
eigentlich die Wahrheit nur so bringen wie sie schon so oft
in seinem Kopf stattfand.
Jedenfalls erzählte er ihr, er hätte schon einiges
geschrieben.
Daraufhin meinte sie, er solle ihr das nächste Mal doch ein
paar Sachen mitbringen.

So hatte er das Dilemma.

Eine Woche später hatte er fünf Kurzgeschichten, die er ihr
zeigen konnte.
Es war wie in der Geschichte; sie war seine Muse, die es
möglich machte.

Er konnte natürlich auch ohne sie schreiben, aber sie gab ihm einfach diesen gewissen kleinen Funken, der es ihm einfach leichter machte.
Sie wurde, wie sie sagte, zu seinem größten Fan.
Sie gingen viele Monate miteinander aus.

Er hatte sich in sie verliebt.
Doch er hatte nie erreicht, was er erreichen wollte.
Dann hatte er sie wieder viele Monate nicht gesehen.
Etwas später hatten sie nochmal ein Gespräch, dann sah er sie wieder nicht.

Dann hatte er sich in ein anderes Mädchen verliebt.
Sie war auf einmal da.
Einfach so.
Doch nach einem langen Sommer und einigen Monaten endete die Beziehung zu diesem Mädchen, genauso schnell wie sie angefangen hatte.
Es tat ihm sehr Leid.
Doch in dieser Zeit hatte er nicht viel geschrieben.

Unerwartet traf er sie dann wieder, das Mädchen, das sein größter Fan war.
Er hatte immer an sie gedacht.
Sie hatten sich verabredet.
Wieder nach vielen Monaten.

Es hat ihm wieder geholfen.
Wenn auch nur der Gedanke.

Er arbeitet jetzt schon an seinem vierten Band.
Er wird weiter an sie denken.

Er wird nie vergessen wie er anfing, Geschichten zu schreiben.

Kansas City

Er war aus Kansas City. Kansas City in Missouri, nicht in Kansas! Kansas City grenzt aber an Missouri.

Jedenfalls war er bekannt in der ganzen Gegend. In der ganzen Gegend zwischen Kansas und Missouri.
Er hieß Uncle Arthur, unter diesem Namen kannte ihn jeder.

Er war beliebt, gern gesehen von den meisten, doch von vielen auch gemieden. Denn mit dem Gesetz nahm er es nicht so ernst.
Aufgewachsen war er hier, geboren wurde er jedoch noch in der alten Welt. Nachdem seine Eltern in New Orleans mit dem Schiff ankamen, wurden sie mit der Eisenbahn nach Missouri transportiert. Sein Vater hatte im Fleischgewerbe gearbeitet.

Er selbst hatte mit solch einer Arbeit nicht viel am Hut. Mit Rinderzüchtern hatte er weniger zu tun, vielmehr waren es die Schwarzbrenner, die besonders in den Zeiten der Prohibition überall in irgendwelchen Hütten und Schuppen zu finden waren, die ihm lagen.
Man konnte immer ein paar Dollar verdienen, ohne sich unbedingt den Rücken krumm zu machen.

Letztes Jahr lief der Verkauf von Bibeln sehr gut!
Das Jahr davor hatte er mit einem aus St.Louis Rinder mit der Eisenbahn nach Chicago transportieren lassen, wobei sie die Rinder in den Waggon trieben, zum Zählen bereit, einige jedoch auf der Rückseite des Waggons entluden und von vorne wieder einluden. So kam eine stolze Summe für die eigene Tasche heraus.

Jedenfalls war er sehr beliebt. Immer großzügig. Wenn einer Geld brauchte, hatte Uncle Arthur immer ausgeholfen. Wenn einer Hilfe brauchte, für einen Gefallen oder so, war Uncle Arthur immer zur Stelle.

Einmal rief ihn ein Freund, er müsse kommen zu helfen, er habe mit seinem Auto die Glasscheibe eines Krämerladens durchfahren. Das Problem sei nur, man habe die Polizei gerufen und er sei sturz betrunken.
Uncle Arthur war sofort zur Stelle, schickte den Betrunkenen nach Hause und setzte sich selbst in den alten Ford, der zur Hälfte im Laden des Krämers parkte.
Die Polizei nahm ihn dann fest. Doch ihm konnte ja nicht viel passieren, denn er hatte ja nichts getrunken, er musste ja nur ausweichen vor einem störrischen Gaul.
Der Betrunkene konnte das Geschehen von der anderen Seite der Straße beobachten.

Aber deswegen hatte man ihn ja auch gemocht, den Uncle Arthur!
Einmal wurde Uncle Arthur damit beauftragt, sich um das Fleisch für ein Hochzeitsfest zu kümmern. Man gab ihm Geld, die besten Sparribs der Stadt zu kaufen.
Uncle Arthur erledigte dies auch prompt.
Rechtzeitig zur Hochzeit kam er mit zwei wunderbaren Schweinehälften an.
Mehr als genug Fleisch für das ganze Fest!
Man hatte wunderbare Sparribs daraus gemacht und Uncle Arthur half mit, mit seiner Spezialsauce!
Es war eine schöne Hochzeit! Bis auf die kurze Unterbrechung durch den County Officer und seinem Deputy, die in ihrem Buick heraneilten.

Im Norden der Stadt sei in ein Kühlhaus eingebrochen worden. Es sind genau zwei Schweinehälften, die fehlten.
Das Fleisch solle untersucht werden.

Es war immer Uncle Arthur, der in den engeren Kreis der Verdächtigen fiel.
Doch es wäre nicht Uncle Arthur gewesen, hätte er nicht den Nachweis des Kaufes der Schweinehälften von einer Fleischerei in Kansas, jenseits der Staatsgrenze, bei sich gehabt! Die Befugnisse der Polizei endeten an der Staatsgrenze.

Irgendwie hatte ihn die Polizei nie gefasst!
Aber man hatte ihn einfach gemocht, den Uncle Arthur!
Viele Jahre später ist er gestorben. Er ist sogar relativ alt geworden.

So hatten alle seine Freunde nach seiner Beerdigung ihm zu Ehren ein Festmahl gegeben.
Ein großes Grillfest im Garten seines Elternhauses. Viele hatten zum Essen mitgebracht.
Einer hatte sogar zwei wunderbare Schweinehälften dabei!

Drüben in Kansas befand sich ein Kühlhaus.
Das Schloß war hinten aufgebrochen.

Es fehlten genau zwei Schweinehälften!

Ein Gespräch

„Hallo, ich wollte mich einfach wieder bei Dir melden und
mich bedanken", zögerte seine Stimme etwas, nachdem sie
den Hörer abgenommen hatte.

„Schön, dass Du anrufst, ich habe auf Deinen Anruf
gewartet, ich dachte schon, Du wohnst dort nicht mehr",
erwiderte sie.

„Nein, ich wohne schon noch hier, ich hab mir nur ein
bisschen Zeit gelassen, nachdem Du Dich so lange nicht
gemeldet hattest. Und so dachte ich, ich ruf doch einfach
wieder an, als ich Deine Karte bekommen habe.
Und danke für die Flasche Wein, die zu Weinachten vor
meiner Tür stand und auch für die Schokolade zu Nikolaus,
ich habe, um ehrlich zu sein, erst gar nicht gewusst von
wem sie ist.
Ich hatte ja so lange nichts von Dir gehört.
Erst als ich dann die Karte bekommen habe!
Also nochmals: vielen Dank."

„Ist schon gut. Wie geht's Dir denn? Was hast Du gemacht
die letzten Monate?", auch ihre Stimme etwas zögerlich.

„Eigentlich alles in Ordnung.
Ich kämpf mich so durch."

„Und wie geht es Dir so?"

„Um ehrlich zu sein, mir geht es nicht so gut.
Ich komm einfach nicht vorwärts.
Es ist, als ob sich alles im Kreis drehen würde.

Es ist einfach alles nicht so gelaufen, wie ich es mir vorgestellt habe.
Manchmal habe ich das Gefühl, mir geht es wie in diesem komischen Film, wo der eine immer wieder aufwacht und es ist wieder derselbe Tag", lachte sie ein bisschen.

„Das kenn ich doch auch, und ich verbringe meine Nächte damit, Werbefilme anzuschauen, wo irgendwelche eigenartige Leute einem Messer und Töpfe verkaufen wollen, die einem das Leben verändern sollen", lachte er.

„Wem sagst Du das. Werbefilme und Quizshows! Und wie geht es Deinem Schreiben? Du weißt, ich war immer Dein größter Fan."

„Ich glaub ganz gut", antwortete er etwas bescheiden. Sie wurden beide etwas lockerer.

„Du, wie wär`s, sehen wir uns mal beide wieder. Wir könnten doch vielleicht Schlittschuh laufen gehen. Ich glaube, außen hat es gefroren?", fragte sie ihn.

„Aber ja, gerne", antwortete er.

„Vielleicht könnte ich sogar wieder etwas von Dir lesen. Du weißt, ich war immer Dein größter Fan."

„ Also, was hast Du denn so gemacht, die Monate. Ich war wirklich überzeugt, dass ich nichts mehr von Dir hören würde", eine leichte Freude war in seinem Ton.

Er musste daran denken, wie er sie das erste Mal traf. Er war neben ihr in einem Kurs gesessen. Wie er ihr das goldene Kettchen um den Hals legte, auch wie sie ihn beim Abendessen sitzen hat lassen.

„ Wie gesagt, es läuft nicht so gut. Ich geh' auch nicht weg.
Ich krieg einfach meine Arbeit nicht fertig."

„Jedenfalls hab ich mich gefreut über den Wein und so.
Vielleicht können wir ihn bald zusammen trinken.
Ich hab mich wirklich gefreut, ich hätte Dich,wenn ich
ehrlich bin, nicht mehr angerufen", beichtete er, aber mit
Freude in der Stimme

„ Ich wollte Dir nur zeigen, dass Du mir viel bedeutest",
erwiderte sie.

„ Ich weiß, wir hatten so viele schöne Abende
gehabt.....Das heißt, Du denkst jetzt anders?
Ich habe wieder meine alten Chancen und Hoffnungen?"

Sie pausierte

„ Ich möchte immer noch keine Beziehung haben. Ich
möchte nicht an die Zukunft denken, ich denke nicht an so
etwas. Ich komm einfach nicht zurecht."

„Das heißt, ich soll mir keine Hoffnung mehr machen?"

Sie antwortete nicht.

„Sag mir wenigstens, ob Du es damals ehrlich gemeint hast,
als Du sagtest, ich könne auf Dich warten."

„Ich hab halt gedacht, ich würde anders denken, wenn ich
mit allem zurecht komme, aber ich bin es nicht", zögerte sie
wieder.

„Das heißt, ich soll also nicht mehr auf Dich warten?"

Sie antwortete nicht.

„Sei halt ehrlich bitte. Soll ich noch auf Dich warten?"

Eine Pause lag wieder in der Luft.

Sie zögerte wieder, dann kam ganz leise:

„Nein."

„ Danke, dass Du wenigstens ehrlich warst", sagte er noch traurig.

Sie verabschiedeten sich und hingen auf.

Obwohl er über die Zeit Abstand gewonnen hatte, musste er auf einmal laut weinen.

Doch wusste er, sie tat es auch.

Der Prediger

Er nahm die Hand von den Augen des Jungen, die er mit der Handfläche bedeckt hatte, entfernte sich etwas von ihm und zeigte nun, mit weit ausgestreckten Armen, mit dem einen Zeigefinger Richtung Himmel, mit dem anderen Zeigefinger auf den Jungen.

„Nun, öffne Deine Augen und sag mir, was Du siehst!" Langsam öffnete der Junge die Augen und schaute zögernd in die Menge.

„Ich kann sehen", stammelte der Junge. „Ich kann sehen."

Musik fing wieder an zu spielen.

„Der Herr hat Dir die Kraft des Sehens wiedergegeben. Nun geh und bete zu Deinem Herrn."

Der Junge verschwand von der Bühne, wieder in die Menge.
Die Menge jubelte und tanzte.

„Halleluja. praise the Lord", schrie es aus dem Lautsprecher.

„Ich sagte, lobet den Herrn", wendete er sich wieder an die Menge.

Er öffnete die Arme und streckte sie weit nach oben.
Seine Stimme wurde lauter.

„Ich sagte, lobet den Herrn."
„Lobet den Herrn",schrie die Menge.

„Ich sagte, lobet den Herrn, den Allmächtigen.
Den allmächtigen Beschützer unser aller.
Der, der Herr ist von uns allen.
Lobet den Herrn.
Lobet seinen Sohn Jesus Christus.
Der für unsere Sünden gestorben ist.
Lobet die Jungfrau Maria, die ihn gebar.
Die Reinheit der Mutter Gottes."

Er schaute nach oben und ging kurz in sich.

„Die Reinheit, von der wir Sünder nur träumen können.
Denn wir sind Sünder."

Er wurde wieder lauter, fing an, mit dem Zeigefinger zu
deuten.

„Du bist ein Sünder, Und Du bist ein Sünder. Auch Du bist
ein Sünder.
Wir sind alles Sünder.
Und nur Einer kann uns erlösen.
Gott, unser Herr.
Lobet unseren Herrn."

„Lobet unseren Herrn", wiederholte die Menge.

Er schlug seine Hände vors Gesicht, völlige Erschöpfung
zeigend, als ob er alles von sich gegeben hätte, all seine
Kraft und Inbrunst.
Seine Stimme wurde wieder ruhiger.

„Geht nun, geht. Und preiset Euren Herrn!"
Rythmische Musik fing an zu spielen.

„Halleluja, Praise the Lord", schrie es aus dem
Lautsprecher.

Die junge Frau, die die ganze Zeit hinter ihm gestanden hatte, ging mit einem großen Korb durch die Reihen, der sich nun im Rhythmus der Musik bewegenden und singenden Leute.

„Fünf Dollar, zehn Dollar, zwanzig Dollar! Bei zwanzig Dollar wird Euch der Herr noch mehr erhören!", schrie sie, durch die Reihen gehend.
„Gott erhört den, der gibt!"

Als sich der Raum gelehrt hatte, knöpfte sie sich ihre bis oben verschlossene Bluse wieder auf und zog ihren Rock wieder über die Knie. Ihre langen Beine kamen nun besser zur Geltung in ihren hochhackigen Pumps.
Sie sollte, als seine Assistentin, einen gewissen Sexappeal haben, deswegen auch die auftoupierten blonden Haare, aber nicht zu sehr, dass sich einer anstoßen könnte.
Insbesondere, als Gesandte Gottes.

Sie nahm den Korb, packte die Decke vom Pult hinein, nahm noch die Kassette aus der Stereoanlage und verließ als Letzte den Raum.

So bereisten er und seine Assistentin mit dem Wohnmobil das ganze Land, meistens kleine Städte in den Südstaaten.
Sie blieben meist nie länger als eine Nacht, jedenfalls predigte er nie mehr als einmal in derselben Stadt.
Der Auftritt war meist in irgendeinem Zelt oder Gemeindesaal. Seine Predigten waren immer voll, denn einen gewissen Ruf hatte er sich schon geschaffen.
Unter seinen Anhängern, wie seinen Gegnern.

Seinen Gegnern ging er aus dem Weg, weswegen er auch nie länger als einen Tag am gleichen Ort blieb.
Reich wurden sie dabei nicht, aber es ließ sich ganz gut leben.

„Wie war die Ausbeute heute Abend", rief er ihr gleich zu, als sie den Wohnwagen betrat.

„Kann ich nicht sagen, aber es schaut ganz gut aus", erwiderte sie.

„Weißt Du eigentlich, wie sexy Du bist, besonders mit einem Korb voller Geld unter dem Arm?"

Er lag auf der ausziehbaren Couch und nippte an einer kleinen Flasche Bourbon.

„Komm zu mir rüber und zieh mir die Stiefel aus!"

Während sie ihm die Stiefel auszog, wühlte er mit der einen Hand in dem Korb voller Geld und begrapschte mit der anderen Hand ihren Hintern.

„Wir schulden dem Jungen noch fünfzig Dollar", meinte sie, immer noch an seinen hellblauen Schlangenleder-Cowboystiefeln ziehend.

„Er holt sie morgen früh am Wagen ab", erwiderte er.

„Komm endlich zu mir unter die Decke."

Er hatte ihr schon die Bluse und den Rock abgestreift.
„Wo sind wir denn eigentlich hier", fragte er sie, sich um sie schlingend.
„Ich glaube, irgendwo in Texas."

Daraufhin schaltete sie das Licht ab und es wurde wieder dunkel im Wohnwagen.
Am nächsten Morgen gaben sie dem Jungen sein Geld und sie fuhren weiter in die nächste Stadt.

Schon sein Vater hatte gepredigt, von ihm hatte er die
ganzen Tricks gelernt, denn er machte sein Geschäft gut.
Er war schon als kleiner Junge immer dabei gewesen, bis
dann seinen Vater der Schlag traf. Seine Mutter, die auch
kurz darauf starb, meinte, der Schlaganfall war der wahre
Zorn Gottes, der ihn traf.
Die Strafe für seine Scharlatanerie.
Der Zorn Gottes würde jeden treffen, der ihn so benutzt.

Er glaubte nicht an solche Sachen und als er älter war,
machte er das Geschäft seines Vaters weiter.
Von Stadt zu Stadt, auf irgendeiner staubigen Landstraße.

Es gab unzählige Städte mit gottesfürchtigen Menschen.
Einen Jungen, oder ein Mädchen, die er heilen konnte,
waren immer schnell zu finden. Das Land war voller
Streuner, die dankbar waren für ein paar Dollar, sich als
blind oder gehbehindert auszugeben, um sich dann wieder
heilen zu lassen.

Sie waren wieder in einer kleinen Stadt angelangt.
Diesmal hatten sie ein junges Mädchen aufgegabelt, das
bereit war, für fünfzig Dollar an Krücken zu gehen.
Er gab ihr die Krücken.
 Sie hatten die ganze Austattung im Wohnwagen.
Krücken, Augenbinden, sogar einen Rollstuhl.
Das Geld gab es immer erst nach der Vorstellung. Es sollte
ja nichts schief gehen.
Sie sollte dann am Abend in der Menge erscheinen und auf
seine Frage hin, wer geheilt werden möchte, sich melden.
Die Heilung erfolgte immer am Ende der Predigt.
Er würde sie dann auf die Bühne rufen.
Leicht verdientes Geld.
Die Predigt erfolgte diesmal im kleinen Schulgebäude der
Stadt.

Gegen Abend füllten sich die Parkplätze um die kleine
Schule.
Man hatte die Plakate gelesen, die sie überall hinklebten
und verteilten.
Er hatte schon einen gewissen Ruf!

„Wirf Deine Krücke weg und Du wirst wieder gehen
können!", schrie er das Mädchen an, mit dem einem Arm
auf sie zeigend, mit dem anderen Richtung Himmel.

Sie warf die Krücke weg und fing an zu gehen.

„Ich sagte, lobet den Herrn."

„Lobet den Herrn", schrie die Menge zurück und fing
wieder an zu „Halleluja, praise the Lord" zu tanzen.
„Und vergisst nicht zu spenden!"

Seine Assistentin sammelte wieder die Spenden ein und
kroch danach wieder zu ihm unter die Decke.
Er liebte einfach ihre großen Brüste.
Er war auch schon das dritte Jahr mit ihr unterwegs.
Seine Vorgängerin, natürlich auch eine Blondine, war
damals mit einem Trucker abgehauen, der meinte, er würde
sie in LA ganz groß rausbringen.
Ausgerechnet ein Trucker!

Sie hätte eigentlich das Geschäft kennen müssen!
Aber mit seiner Neuen war er vollkommen zufrieden.
Er liebte einfach ihren großen Busen.
So ging es weiter, von Stadt zu Stadt.

Inzwischen waren sie schon durch ganz Texas gekommen
und überquerten die Staatsgrenze nach Oklahoma.

Eigentlich mied er lieber Oklahoma, obwohl er hier aufgewachsen ist, gleich in einer kleinen Stadt in der Nähe der Texanischen Grenze.

Dort waren auch seine Eltern begraben.
Immer, wenn er in dieser Gegend war, musste er an die letzten Worte seiner Mutter denken.
„Der Schlaganfall Deines Vaters war der Zorn Gottes für seine Scharlatanerie. Der Zorn Gottes wird jeden treffen, der ihn so benutzt."

Obwohl er natürlich nicht an solche Sachen glaubte, wurde es ihm immer ein bisschen mulmig, darüber nachzudenken.
Er tat ja eigendlich niemandem weh!
Das bisschen Vorgegaukle mit der Heilerei tat auch niemandem weh.
In seinen Predigten bestärkte er doch nur den Glauben der Menschen und die paar Dollar, die sie spendeten, taten auch niemandem weh.

Die nächste Stadt.
Eine Blindenheilung!

„Ich sagte, lobet den Herrn!"

Die Menge schrie zurück.
Die Assistentin sammelte das Geld wieder ein.
Sie fuhren weiter in ihrem Chevy Wohnmobil.
Und auf einmal waren sie in seiner Heimatstadt.

„Komm, lass uns diese Stadt überspringen", sagte er zu seiner Assistentin, die gerade die Plakate ausladen wollte.

„Komm, sei nicht abergläubisch. Wir machen das Geschäft wie immer, in jeder Stadt."

Also klebten sie wieder Plakate für die Predigt am nächsten Tag. Er durfte die Dorfkirche für seine Predigt benutzen, da der eigentliche Dorfpfarrer ein paar Tage auf einer Versammlung war.
Doch in dieser Nacht schlief er schlecht und wurde von Albträumen heimgesucht.
Immer wieder hörte er im Traum Stimmen.

„Der Zorn Gottes wird Dich treffen! Der Zorn Gottes wird Dich treffen!"

Am nächsten Morgen wachte er schweißgebadet neben seiner Assistentin auf.
„Ich mach die Vorstellung wie immer, aber können wir dieses Mal die Heilnummer weglassen?", meinte er zu ihr.

So entschieden sie sich, die Heilnummer wegzulassen.
Obwohl sie sich ein bisschen über ihn wunderte.
Der Saal war, wie immer, voll. Die Heilnummer, die an dieser Stelle erfolgte, hatte er übersprungen und wollte nach der Musikeinlage wieder zu Spenden aufrufen, da hörte er eine Stimme aus der Menge:

„Prediger, seitdem ich ein Kind bin, sitze ich im Rollstuhl. Von Geburt an habe ich nicht laufen können. Du kannst mich heilen. Wir haben gehört, dass Du so viele geheilt hast. Du bist der, der mich heilen kann. Mach, dass ich laufen kann!"

Ein junges Mädchen saß vor ihm im Rollstuhl.
Er wusste nicht, was er machen sollte. Er konnte unmöglich dieses Mädchen heilen! Man könnte ihn auffliegen lassen!

„Ich bin diesmal nicht in der Lage. Ich merke, dass die Kraft des Herrn heute nicht stark genug in mir liegt. Ich habe heute schon zuviel von mir gegeben. Mein Geist ist für heute zu erschöpft. Komm ein anderes Mal", fiel ihm nur ein.

„Nein, Du musst mich heilen, heute und jetzt! Nur Du kannst mich heilen", bestand das Mädchen aus ihrem Rollstuhl.
Er wurde leicht nervös. Auch die Assistentin wurde etwas unruhig.

„Aber sieh doch..."
„Heile sie", schrie einer.
„Heile sie", noch einer.
„Heile sie! Heile sie! Heile sie!", fing die Menge an zu schreien.

Er konnte nicht mehr aus.
Also ging er auf sie zu und legte seine Hand auf ihre Beine, deutete wie immer gegen den Himmel und fing an zu schreien:

„Herr Allmächtiger, mit all Deiner Kraft, mach, dass das Mädchen wieder gehen kann! Vergib uns Sündern die Schuld!
Vergebe uns die Schuld und heile dieses Mädchen!
Heile dieses Mädchen!"

In seinem Kopf ging umher wie sie schnell aus der Stadt fliehen könnten. Sie würden eben auf die Spenden verzichten und schnell aus der Stadt wegfahren. In der nächsten Stadt, oder besser in der übernächsten, würde er dann wieder weitermachen.

Während ihm dies durch den Kopf ging, spürte er, wie sich die Beine des Mädchens unter seiner Hand bewegten.
Kaum hatte er ausgesprochen, sprang sie aus dem Rollstuhl und fing an zu laufen und zu springen.

„Danke, Prediger! Danke, Prediger!", schrie das Mädchen.
„Lobet den Herrn", schrie die Menge.

Er rannte aus der Kirche hinaus in seinen Wohnwagen.
Seine Assistentin sammelte die Spenden ein.

Er begrub seinen Kopf in seinen Händen.

Er hatte das Zeichen verstanden!

Er wußte, dass dies seine letzte Predigt war.

Sultan für einen Abend

Er war gerade dabei ein Theaterstück zu schreiben, aber ihm viel nichts ein.
Er war auf einen Ball eingeladen.
Aber er wollte nicht gehen, das Stück war ihm wichtiger.
Anfangs wollte er schon gehen, dann aber doch wieder nicht.
Außerdem hatte seine Begleitung ihm abgesagt.
Hauptsächlich fühlte er sich leer. Nicht nur wegen des Stückes, sondern hauptsächlich so.
Trotzdem saß er dort mit seinem Hut.
Er hatte sich auch ursprünglich nicht kostümieren wollen.
Aber auf den Hut war er trotzdem sehr stolz. Es war ein türkischer Turban. Er fand ihn einfach gut.
Auch wenn er nicht ganz passend war.
Das Thema des Abends war „Karneval in Rio".

Nichtsdestotrotz saß er da mit seinem Hut und starrte gegen die Wand.
Er war lange so da gesessen, irgendwie aus Trotz hat er den Hut aber nicht abgesetzt.
Ihm fiel immer noch nichts ein.
Irgendwie war ihm nach einem Drink. Doch es war irgendwie zu früh. Wenigstens einen Kaffee.
Doch die Kaffeedose war auch leer.
Nebenan war Licht zu erkennen. Also beschloss er, zu klingeln, um Kaffee zu borgen.
Ein fremdes Mädchen hatte geöffnet. Seine Nachbarin hatte die Wohnung wohl kurz verliehen.
Sie hatte die Tür nicht ganz geöffnet, sondern nur mit dem Kopf aus der Türspalte geschaut.
Im Hintergrund waren noch zwei weitere Mädchen zu hören. Die Mädchen hatten sich gerade umgezogen.

Sie hatte ihm den Kaffee gegeben. Er hat sich bedankt und ist wieder zurück und hat sich mit seinem Hut auf den Stuhl gesetzt.

Dann hat es an der Tür geklingelt. Es waren die Mädchen von nebenan.
Sie meinten, er solle doch mitkommen auf einen Faschingsball, wenn er doch so einen schönen Hut habe.
Den Hut, den er noch immer aufhatte, hatte er schon fast vergessen.

Zehn Minuten später saß er mit den Dreien im Auto und sie fuhren zu einem Faschingsball.

Außen regnete es in Strömen.
Sie blieben an einer Kreuzung stehen, wo der Verkehr von zwei Polizisten geregelt wurde.
Ihm fiel auf, als sie auf das Weiterfahren warteten, dass der eine Polizist total durchweicht und zerknautscht und ziemlich angenervt den Verkehr regelte, der zweite Polizist hingegen einwandfrei dastand. Er hatte sich sogar einen Plastikschutz über die Mütze gestülpt. Einfach pflichtbewußt, voller Energie, jedem Wetter trotzend.

Und auf einmal fand er sich auf einem Faschingsball in Begleitung dreier junger Damen.
Er fühlte sich geschmeichelt, aber trotzdem konnte er die vorhergehende Absage nicht vergessen.
Er hatte immer noch das Gefühl nach einem Drink.

Am Tisch saß noch ein weiteres Pärchen.
Sie tranken Cola.
Das Eigenartige war aber das:
Das Cola verschwand immer unter dem Tisch.
Darauf ein Schluck und darauf ein breites Grinsen.

Er wollte nicht indiskret sein, er schielte aber trotzdem unter den Tisch. Dort befand sich eine kleine Tüte.
Die beiden hatten seinen Blick bemerkt und boten ihm daraufhin eines der kleinen Whiskyfläschchen an, die, wie es sich herausstellte, sich in der Tüte befanden.
Er hatte immer noch Lust auf einen Drink.

Der andere wühlte daraufhin wieder in seiner Tüte.
Er hörte nur „ es tut mir Leid, sie sind nun alle leer".
Auf dem Ball gab es nur Sekt zu kaufen.
Ein Drink wäre gut gewesen.

Also tanzte er abwechselnd mit seinen drei Damen.
Auf einmal kam der andere wieder auf ihn zu
„Wir haben Nachschub besorgt", meinte er und steckte ihm eine Whiskey- Flasche in die Jacke.
Sie tanzten weiter.
Doch irgendwie wurde es schön.

Aus dem anfangs so verkorksten Abend ist auf einmal ein richtig schöner geworden.
Am Morgen kamen sie wieder nach Hause und er verabschiedete sich von den Mädchen.
Er bedankte sich für den Abend, denn irgendwie war er:

„Der Sultan für den Abend".

Er hat sich gleich ins Bett gelegt.
Daraufhin ist ihm seine kleine Whiskey -Flasche eingefallen.
Er hat sie aus seiner Jackentasche genommen und in den Schrank gestellt

Er hat doch keinen Schluck gebraucht!

Denn, auch wenn einem nichts einfällt, die besten Geschichten schreibt doch das Leben!

Am nächsten Tag fing er an, sein Theaterstück zu schreiben.

Das Urteil

„**H**aben Sie den Umschlag geöffnet?", hallte es aus dem Hörer.

„Nein, noch nicht, aber ich habe ihn vor mir liegen. Ich werde mich gleich darum kümmern", erwiderte er in die Muschel.

„Sehen Sie, Herr Rechtsanwalt, es handelt sich hierbei um eine Sache von größter Wichtigkeit. Deswegen habe ich Ihnen auch erst nur eine Kopie geschickt um Sie darauf vorzubereiten. Und vergessen Sie nicht, ich bitte Sie um vollkommene Diskretion! Ich verlass mich auf ihr Urteil!"

Er hing auf und kramte nach dem Umschlag.
Daraufhin öffnete er ihn. Der Umschlag beinhaltete nur ein einziges Blatt. Eine Photokopie von einem Geldschein.
Beide Seiten des Geldscheins waren in der Mitte des Blattes abkopiert worden.
Er schaute sich die Kopie genauer an.
Es handelte sich um einen alten Reichsmarkschein.
Er konnte das Datum von 1923 entziffern.
10 Millionen Reichsmark stand groß darauf.
Er überlegte, was der damalige Wert wohl gewesen war.
1923 war der Höhepunkt der Inflation.
Der damalige Gegenwert wird wohl ein Laib Brot gewesen sein oder vielleicht eine Schachtel Zigaretten. Man hatte damals nicht einmal einen Dollar dafür bekommen.
Heute wäre der Schein selbst bei einem Sammler nicht einmal 10 Pfennig wert.
Zuviele solcher Scheine liegen noch in irgendwelchen Kisten und Kellern.
Er legte die Kopie wieder weg.

Der geheimnisvolle Anrufer werde ihm schon noch
erklären, was es damit auf sich hat.....

Er war Beisitzender im Strafgericht. Das heißt, er durfte
eigentlich nicht Beisitzender sein, trotzdem ließ ihn der
Richter auf der Richterbank neben sich Platz nehmen.
Der Richter hatte ihn ein paar Verhandlungen von vorne
beobachten lassen um aus dessen Sicht noch etwas dazu zu
lernen, also nahm er inoffiziell an der Verhandlung teil.
Verhandelt wurden an diesem Vormittag nur ein paar
kleinere Delikte vor dem Einzelrichter.

Diebstahl von Turnschuhen, von CDs im wiederholten Fall,
einer Kiste Gurkengläser von einem Lastwagen, eine
Beleidigung , eine Nötigung, eine Ohrfeige.
Die jeweilige Verhandlung dauerte jeweils nie länger als
zehn Minuten.

Der Angeklagte äußerte sich, auch ein Zeuge, falls es einen
gab.
Der Anwalt, wenn es einen gab, beteuerte die Unschuld
oder bat wenigstens um eine besonders milde Strafe.
Der Staatsanwalt beteuerte die Schuld und plädierte für eine
besonders hohe Strafe.
Daraufhin zog sich der Richter zurück und verkündete
jeweils nach ein paar Minuten sein Urteil.
Mal härter, mal milder.
Dasselbe wie jeden Tag.
Der nächste Fall wurde aufgerufen.
Die Staatsanwältin schien noch sehr jung zu sein, aber
dafür um so resoluter.

Bis jetzt konnte jeder Angeklagte froh sein, dass nicht sie
die Richterin war.
Es ging um das Versäumen der Unterhaltspflicht.

Der Mann stand mit zittrigen Knien vor dem Richter.
Er wußte nicht einmal, wer ihn angezeigt hatte,
warscheinlich das Sozialamt.
Er habe seit einigen Monaten keinen Unterhalt an seine
Frau und sein Kind mehr geleistet.
Dem Mann ging es schlecht, auch körperlich, wohl auch
Alkoholprobleme.

„Es tut mir Leid, Herr Richter, ich hab mich bemüht, hab
nur immer keine Arbeit gefunden."

Der Mann hatte auch keinen Anwalt dabei.
Der Mann zitterte immer mehr.

„Ich verspreche, etwas zu finden. Ich würde meiner Frau
und meinem Kind alles geben, bitte glauben sie mir, Herr
Richter."

Die schrille Stimme der Staatsanwältin war zu hören:

„Ich beantrage ein Jahr Haft ohne Bewährung. Dass die
Famillie ohne Unterhalt leben muß, ist schon ein starkes
Stück."

„Wollen Sie mit mir nach hinten kommen", fragte ihn der
Richter leise.
Sie gingen ins Hinterzimmer.
„Sie sind kein richtiger Beisitzender und dürfen also nicht
mitberaten, sagen Sie mir trotzdem Ihre Meinung."

„Wenn der Mann ins Gefängnis geht, ist der Frau und dem
Kind bestimmt nicht gedient, dann bekommen sie erst recht
kein Geld; auch bei einer Geldstrafe, dass sollte lieber der
Frau zukommen, wobei er wahrscheinlich gar keines hat.
Man sollte ihm irgendwie eine Auflage geben, am
Arbeitsamt etwas zu finden oder so."

Sie verließen wieder das Beratungszimmer und der Richter verkündete sein Urteil:
„Der Angeklagte wird freigesprochen, jedoch unter der Auflage, sich wöchentlich zu melden mit dem Nachweis eines Verdienstes und der notwendigen Abgabe an die Familie."

Der Richter überreichte dem Mann eine Adresse und eine Zimmernummer eines Sozialarbeiters.
„Melden Sie sich dort morgen früh.
Und vergessen Sie nicht, das nächste Mal bin ich nicht so mild", wendete er sich an den Mann.

„Die Verhandlung ist geschlossen."

Er war froh über das Urteil.

„.....Also haben Sie den Schein gesehen", rief es aus dem Hörer.

„Ja, ich habe ihn gesehen und wie kann ich Ihnen dabei helfen?", fragte er den geheimnisvollen Anrufer.

„Sie müssen mir helfen das Geld zu bekommen!"
„Welches Geld?", fragte er ihn wieder.

„Die zehn Millionen Reichsmark. Das sind wohl jetzt zehn Millionen Deutsche Mark. Sie müssen mir helfen das Geld zu bekommen", bestand der Mann.

Er hatte schon lange aufgehört sich zu wundern.

Der wahre Raucher

Sie nahm einen tiefen Zug und blies die Ringe in die Luft.
Immer wieder große und kleine Ringe. Es folgte dann ein
ganz großer.
Die Leute um sie herum klatschten.

„Los, mach doch noch einen Ring."

Irgendwie hatte sie es geschafft immer Mittelpunkt jeder
Party zu sein.
Die Leute hatten sie einfach gemocht.
Keiner konnte so gut erzählen wie sie.
Sie hatte einfach diesen bestimmten Sinn für Humor.
Ihre Lebensfreude hat einfach angesteckt.
Obwohl es nicht immer so gewesen war.

„Lass mich noch einen Schluck Wein haben", rief sie.

Ein Mädchen brachte ihr ein Glas.

„Du erwartest doch nicht, dass ich den Wein mit dem
Strohhalm trinke. Also, so schlimm ist es mit mir noch
nicht! Du musst mir schon das Glas an den Mund halten",
sagte sie zu ihrer Freundin.

Die anderen lachten.

„Nimm einfach einen tiefen Schluck und erzähl weiter!",
rief einer.

Ein kleines Grüppchen hatte sich um sie gebildet und ihr
zugehört, wie sie erzählte.

Sie nahm wieder einen tiefen Zug von Ihrer Zigarette.

„Egal was passiert, auf meine Zigaretten werde ich nicht
verzichten", lachte sie.

Die anderen lachten mit ihr.
Das andere Mädchen führte das Glas Wein an ihren Mund
und sie nahm einen tiefen Schluck.
Daraufhin einen Zug von der Zigarette.

An dem einen Arm des Rollstuhls war ein langer Stecken
befestigt worden, mit einem Loch am oberen Ende.
Durch dieses Loch konnte eine Zigarette gesteckt werden.
So konnte sie alleine rauchen.

Sie war bis zum Hals gelähmt gewesen!

Sie nahm einen tiefen Zug und blies die Ringe in die Luft.
Immer wieder große und kleine Ringe. Es folgte dann ein
ganz großer.
Die Leute um sie herum klatschten.

„Los, mach doch noch einen Ring."

Wahre Liebe

Es war schon weit nach Mitternacht. Doch der Mond schien hell.

Er zwickte das kleine Vorhängeschloß mit seiner Zange auf und öffnete die Gittertür. Diesen versteckten Eingang hinter den Büschen hat kaum einer gekannt, doch er hatte ihn in Erfahrung gebracht.
Die Tür quietschte.
Er versuchte leise zu sein, dass ihn keiner hören würde.
Er schlug den Kragen hoch.
Über das Gras ging er auf den Kieselweg zu und auf ihm dann garade weiter. Rechts und links von dem Hauptweg, auf dem er sich befand, gingen weitere Kieselwege rechts und links ab.
Nur noch ein paar Meter.
Er hörte die Kieselsteine unter seinen Füßen knirschen.
Der Mond schien hell.
Er sah seinen Schatten.

Am Wegesrand befanden sich unendliche Büsche und Blumen und kleine Hecken. Das Gras auf den Zentimeter genau gepflegt.
Er bog nach rechts. Kein Laut war zu hören, nur dumpf der entfernte Straßenlärm.
Er versuchte, so leise wie möglich zu sein.

Er blieb vor einer Mauer stehen, blickte sich noch einmal um und holte seine Brechstange aus der Tasche.

Ein leiser Ruck und das Kästchen war offen.

Schnell verschwand er aus der Gittertür.

Er ging in die Küche und machte sich ein Bier auf.

Die Urne hatte er neben den Fernseher gestellt.

Er konnte einfach nicht ohne seine Frau sein.

Situationen

Es gibt Situationen, über die muß man sich wundern.

Wenn zum Beispiel eine Nachbarin Dir erzählt, ihre letzte
Verabredung sei nur deswegen geplatzt, weil ihr Verehrer
im Krankenhaus gelandet sei.
Er habe nur deswegen nicht kommen können, weil auf dem
Weg zu ihr der Taxifahrer über ihn hergefallen sei. Er lag
daraufhin tagelang im Krankenhaus und konnte sich nicht
melden.
Nun habe er wieder keine Zeit, Geschäfte sind zu machen,
die nur er zu machen imstande sei und der
Zusammenschluß der Kontinente nur von ihm abhinge.
Die Scheidung sich verzögert, seine Frau mache
Schwierigkeiten.
Er, im übrigen, stark erkältet sei, womöglich ein
unbekannter Virus.
Wenn dies alles ausgestanden ist, werde er sich wieder in
größter Liebe melden.

Und sie Dir daraufhin erzählt, was für ein armer Mensch
dies sei!
Nun die wahre Liebe greifbar ist!

Es gibt Situationen, über die muß man sich wundern.

Wenn Du einen triffst und er Dich begrüßt mit:
„Servus, alter Spezl wie geht's Dir so!"
Du ihn dann fragst, ob er aus München sei.
Er Dir dann antwortet:
„Nein ich bin aus Berlin. Ich bin ein echter Berliner!",

seinen bayrischen Dialekt nicht verheimlichen könnend.

Und seine Bekannte Dir dann erzählt, dass er vor ein paar
Jahren mal kurz in Berlin gewesen sei und seitdem meint,
er sei ein Berliner.

Es gibt Situationen, über die muß man sich wundern.

Wenn Du bei der Einwohnerversammlung bist und über
eine Ausnahmegenehmigung abzustimmen ist über die
Haltung eines Hundes für eine bestimmte Person im Hause.

Im siebten Stock wohnt ein ganz besonders hübsches
junges Mädchen mit dem süßesten Hund der Welt.
Alle Einwohner gleich das Bild dieses hübschen Mädchens
und deren Hund vor Augen habend, den alle im Fahrstuhl
bewundern und streicheln.
Im Raume auf einmal nur zu hören ist: „Aber
selbstverständlich", „Aber ja, die beiden sind doch so
hübsch", „Aber natürlich keine Frage. So süß!"
Der Haltung natürlich einstimmig zugestimmt wird.

Und es sich später herausstellt, dass die Genehmigung gar
nicht von dem Mädchen aus dem siebten Stock beantragt
wurde, sondern von der Frau mit dem hässlichen
Zwergpincher aus dem zweiten Stock, die kaum einer
kannte.

Es gibt Situationen, über die muß man sich wundern.

Wenn Du in der U-Bahn fährst und auf einmal am anderen
Ende des Waggons jemanden entdeckst.

Dir nicht vollkommen sicher bist, ob sie es auch wirklich sei. Du hattest sie lange nicht gesehen. Du hattest sie nie vergessen.

Doch Du kannst sie durch die vielen Menschen nicht richtig erkennen.

Du hättest sie gerne wiedergesehen. Du würdest viel darum geben.

Ist sie es oder nicht?

Doch Du bist Dir sicher.

Sie steigt aus.

Du entschließt Dich, ihr nachzugehen.

Nur noch ein paar Meter und Du bist bei ihr.

Und auf einmal spürst Du eine Hand auf Deiner Schulter.

„Fahrkartenkontrolle!"

Du hattest vergessen, eine zu kaufen.

Sie ist weg!

Momente

Es gibt Momente,

so hat sein Großvater immer erzählt, da muss man sich einfach einen großen Karpfenteich vorstellen.

Man muss sich vorstellen, man sitzt am Karpfenteich auf einer Liege und schaut nur auf den Teich. Auf das stille blaue Wasser und auf die Karpfen, wenn sie manchmal die Oberfläche des Teiches berühren oder in die Luft springen oder nur gucken.

Der Teich ist natürlich der eigene.

So kann man dann träumen und vergessen.

Manchmal, wenn es einem langweilig ist, manchmal wenn man sich ärgert.

So kommt die Ruhe in sich selbst wieder.

Er hatte immer von seinem Karpfenteich geträumt, wenn er mit seiner Frau ein unendlich langes Konzert besuchen musste.

Auch dann, wenn er sich über die Dummheit anderer ärgern musste.

Nur an die Stille und Ruhe und an die vielen, vielen Fische, die seine waren.

Er dachte oft an seinen Großvater, wenn er in solchen Situationen war, doch die Sache mit dem Karpfenteich schien ihm nicht immer zu gelingen.

Vielleicht müsste er noch ein bisschen älter und weiser werden.

Doch eines wusste er.

Es gibt viele Momente, da müsste man an einen Karpfenteich denken

Es gibt Momente,

die scheint man kaum zu begreifen, beispielsweise, wenn
man in einem Ferienort ankommt und sie spielen vom
Eintritt in das Hotel an unaufhörlich ‚Don't worry, be
happy' und alle scheinen sich nur noch darüber zu freuen.
Unaufhörlich, aus jedem Radio und Lautsprecher, in jedem
Eck der Anlage. Wo ist man denn hier gelandet?

Doch dann gibt es Momente, nach einem Tag oder zwei, da
scheint es einem gar nicht mehr zu stören.
'Don't worry be happy'! Man registriert es gar nicht mehr
so. Es ist zur gewohnten Geräuschkulisse geworden.

Doch dann gibt es Momente, noch ein paar Tage später, da
fängt man an, es irgendwie gut zu finden. Man steht auf und
irgendwie erwischt man sich selbst dabei zu summen:
‚Don't worry be happy'!

Es gibt Momente, man ist wieder zu Hause. Kein
Geräuschpegel mehr. Nur Ruhe.
Man steht auf und man hört nichts.
Niemand singt: 'Don't worry be happy'.
Und auf einmal hat man das Gefühl, es irgendwie zu
vermissen.

Es gibt Momente...

Sie war für ein paar Tage weg. Natürlich hatte er sie
vermisst. Sogar sehr. Er hatte sie geliebt.
Wirklich sehr, sie war sein ein und alles

Auch wenn sie immer wieder nörgelte, dass er so
nachlässig sei, sich um so vieles nicht kümmere. Sein Auto

würde er nie waschen, seine Schuhe wären auch nie geputzt.
Vielleicht hatte sie ja recht. Aber irgendwie war es ihm egal.

Er hatte einen Anruf bekommen. Von jemandem, den er vor nicht zu langer Zeit kannte.
Jemand, den er einmal sehr gern gehabt hat.

Sie hatten sich auf einen Kaffee verabredet.
Er freute sich auf die damalige Bekannte.
Aber nur um Hallo zu sagen.
Die Gefühle waren schon lange vorbei.

Er hatte noch eine halbe Stunde Zeit. bevor er sie abholen sollte.

Er holte sich noch schnell ein Paar geputzte Schuhe aus dem Schrank, denn er hatte ja noch kurz Zeit durch die Waschanlage zu fahren.

The Jitterbug

Der Geräuschpegel um ihn herum wurde immer lauter.
Der Raum schien sich immer mehr zu füllen.
Doch dann blickte er hoch auf die hohe Kuppel.
Sie schien riesig über ihm. Der ganze Sternenhimmel des
Nordens war darauf abgebildet. Viele kleine leuchtende
Sterne.
Der nördliche Polarstern , sowie der Nebel des Orion, die
zwölf Kreiszeichen. Verbunden waren ihre Sterne, so dass
man sie als Abbildung erkennen konnte. Die Waage, der
Stier, die Jungfrau usw.
Voller Andacht blickte er hoch.

Auf einmal ging das Licht aus.
Musik fing an zu spielen.
Die Swingband hatte sich organisiert.
Auf der einen Seite die Saxophonisten, daneben die
Klarinettisten, die mit der Oboe, Posaune und Trompete.
Der Bandleader vor ihnen. Alle in weißen Jacketts.
Die Musik wurde lauter. Er spürte den Swing in seinen
Beinen.

„Komm, Betty, tanz mit mir den Jitterbug!"

Er ging mit ihr auf die Tanzfläche. Seine Beine wippten mit
der Musik. Ihre und seine Beine bewegten sich im gleichen
Rhythmus, vor und zurück und hoch und runter. Er hob ihre
Hand über ihren Kopf und sie drehten sich im Kreis.
Nachdem sie sich im Kreis gedreht hatten, drehte er sich
zum Boden und wieder hoch.
Die Klarinettisten bewegten sich hin und her, parallel im
gleichen Rhythmus, die mit der Oboe traten einen Schritt
vor. Der Bandleader bewegte sich im Rhythmus.

Seine Füße drippelten im Takt. Zwei Schritt vor, einen Schritt zurück. Er fühlte sich leichtfüßig wie immer. Sie drehte sich um ihr eigene Achse. Er sprang in die Luft. Er drehte sie wieder im Kreis. Er sprang hoch und landete mit gespreizten Beinen auf dem Boden.
Er spürte die Musik in seinen Beinen.

„Der nächste Regionalexpresszug nach New Jersey fährt in 5 Minuten auf Gleis 12."

Auf einmal wachte er wieder auf.
Er streifte sich sein grünes Jackett über, sowie seine grüne Kappe. Die Korporalstreifen hatte er erst kürzlich bekommen.
Den Seesack warf er sich über die Schulter.
Dann nahm er seine beiden Krücken, klemmte sie unter seine Arme.
Langsam bewegte er sich mit ihnen zum Gleis.
Es war nur ein paar Wochen her, dass er ein Bein verloren hatte.

„Komm, Betty, tanz doch mit mir den Jitterbug!"

Seltsame Menschen

Er hatte seine Gitarre nicht öfter als zwei oder drei Mal im
Jahr aus dem Schrank geholt. Das Jahr davor überhaupt
nicht. Er hatte sie einmal als Junge gekauft, da hatte er
manchmal gespielt.
Doch eigentlich konnte er es auch gar nicht richtig. Es hat
halt manchmal Spaß gemacht. Einfach ein Lied oder zwei!
Einfach nur zwei Akkorde oder drei!
Jedenfalls war es mal wieder Zeit für ein paar Minuten
Gitarre, dachte er.
Er holte sie aus dem Schrank, griff den ersten Akkord am
Hals und fing an, in die Seiten zu hauen.
Es gelang, wie er meinte, ganz gut.
Daraufhin fing er an zu singen. Einfach im Rhythmus
seiner Schläge.
Nicht länger als zehn Minuten, denn dann fingen seine
nicht geübten Finger an, weh zu tun.
Dann legte er seine Gitarre wieder in den Schrank,
zufrieden mit seinem sich selbst erbrachten Ständchen.

Am nächsten Tag traf er seine Nachbarin im Gang.
„Du, hast Du das auch gehört? Da hat einer gestern Nacht
um halb zwei wie ein Wahnsinniger angefangen zu singen.
Ich bin richtig aus dem Bett gefallen. Es muss irgendwo bei
uns im Gang gewesen sein.
Es gibt schon seltsame Menschen!"

Kaum konnte er antworten, war sie schon wieder weg.
Er schmunzelte etwas und nickte dann den Kopf:

„Ja, ja, Du hast recht, es gibt schon seltsame Menschen."

Die andere Seite der Bucht

Mit Vornamen hieß er Tony. An seinen Nachnamen konnte
sich keiner erinnern.
Er ist aufgewachsen in Florida. In Miami.
Aber nicht in Miami Beach, sondern in Downtown Miami.
Eine harte Gegend, auch schon damals.
Er hatte sich auch immer wie ein harter Junge gefühlt.
Er war es auch.

Damals, Anfang der dreißiger Jahre, als er ein Junge war,
ging es auch oft nur ums Überleben, jedenfalls für solche
Jungs wie ihn.
Die Sonne Miamis, bzw. die von Miami Beach, wie sie die
Reichen aus dem Nordosten kannten, war für ihn nicht so
vorhanden.
Es ging meistens nur um ein paar Dollar, die er verdienen
konnte. Botengänge, das Plazieren von Pferde- oder
Hundewetten.

Doch es machte ihm eigentlich nichts aus. Er war stolz, ein
harter Junge zu sein.

Doch manchmal blickte er rüber, über die Bucht, zu den
Häusern am Strand, zu den Jungs in seinem Alter, die am
Morgen die Schule besuchten , die am Nachmittag wieder
nach Hause kamen; vielleicht Kuchen essen, Hausaufgaben
machen und später zu Abend essen. Die jungen Mädchen in
ihren Schuluniformen.
Sie würden ihn bestimmt gar nicht anschauen, ihn, mit
seiner vefilzten alten Mütze
Die vielen weißen Gebäude am Strand entlang. Ein Weiß,
das sich nur leicht abhob vom Hellblau des Himmels. Als
sei es schon ein Teil davon.

Kam man mit dem Schiff nach Miami, sah man als erstes
die Silhouette von Miami Beach. Sie mochte erscheinen
wie der Traum von einer anderen Welt.
Jedenfalls war es für ihn der Traum von einer anderen Welt.
Er war bestimmt nicht neidisch, er war ziemlich zufrieden
mit seiner selbst, doch in irgendeiner Art beneidete er sie.
Er wäre doch ganz gerne wie sie.

Aber vielleicht würde er es mal schaffen, wenn er groß ist.

So drehte er sich dann immer wieder ab und ging zurück in
sein Viertel, weniger sauber aber um so bunter als jede
weiße Vorstadtgegend.
Alles mögliche trieb sich so herum.
Hafenarbeiter aus dem Norden, Schwarze aus den
Südstaaten, unzählige Latinos von den Inseln.
So hat er sich herumgetrieben zwischen Zuhältern, Nutten,
Schnappsschmugglern, Dealern und ähnlichem.

Sein Vater war abgehauen nach Chicago, wo das, 'Geld auf
der Straße lag'. Seine Mutter trieb sich meist mit
irgenwelchen Kerlen herum.

So wohnte er meistens bei ‚Washington', einem schwarzen
Zuhälter, der immer einigermaßen gut zu ihm war, d.h.
solange er auch dessen Bootengänge ausführte.
Irgendwie mochte er Washington, obwohl er eigentlich
Neger hasste, und Latinos erst recht. Nichs Unübliches und
schon gar nicht in diesen Zeiten.

Er hatte ein kleines Zimmer in Washington's Bar
bekommen.
Eines von vielen ‚Zimmern' in Washington's Bar.
Die Mädchen waren meist freundlich zu ihm, und er zu den
Mädchen.

Er mochte sie sogar ein bisschen, obwohl er sie tief in seinem Inneren eigentlich verachtete.

Prostitution war zwar damals auch schon illegal, aber irgendwie hatte man damals mehr ein Auge zugedrückt. Auch als die Prohibition noch nicht zu Ende war, half er mit dem Ausladen der Kähne, die abseits des Hafens ankerten.
Sie kamen immer irgendwo aus der Karibik. Man musste mit kleinen Booten zu ihnen hinausfahren und so die Ladung lichten.
Die Kisten mit dem Schnapps wurden dann auf kleine Lkws geladen, die fuhren meist nach Norden.
Mann musste aufpassen, nicht dabei erwischt zu werden. Die Jugendstrafen waren damals in Florida streng.
Auch früh hatte er schon gelernt, wie man einen kräftig zur Brust nimmt. Er wusste, wie man pokert oder manch einen Touristen aus Miami Beach abschmiert.

Als er etwas älter wurde, hatte er die Nutten dann auch selbst an die Touristen vermittelt. Das heißt, die Vermittlung fing in der Bar an und nach einem kurzen Besuch eines Hotelzimmers endete die Vermittlung mit einer Brieftasche.
Wie gesagt, er kannte die Mädchen, mit denen er arbeitete. Mit der Zeit, auch als er etwas älter wurde, kannte er sie sogar ‚sehr gut'.
Doch er hatte sie verachtet.
Sie waren für ihn nur billige Nutten.

So gerne hätte er ein Mädchen getroffen von der anderen Seite der Bucht, aber sie würden bestimmt nicht mit ihm gehen, in ihren sauberen Schulunifornen, mit ihm, dem ungebildeten Straßenjungen, der nichts anderes kannte als Nutten.

Aber wenn er erwachsen wäre, vielleicht würde er es schaffen!

Über die Jahre wurde er bekannt im Viertel, als Rausschmeißer und Zuhälter.
Er hatte dann sogar Washington's Bar übernommen, als dieser starb. Einer aus Kolumbien hatte ihn von hinten erschossen.
Als die Prohibition zu Ende ging, wurden die Zeiten etwas schwieriger.
Die wilde Zeit sanfter.
Die Bar betrieb er weiter.

Er verlor jedoch nie den Blick hinüber, über die Bucht zur Vorstadt.
Sein Traum war eines der netten jungen Mädchen.
Doch sie würden ja eh nicht mit ihm gehen!

Er fing an, sich zu bilden. Er versuchte auch seinen Straßenslang sich abzugewöhnen und versuchte, verschiedene Kurse zu besuchen.
Er hielt sich relativ gut über Wasser in seinem Viertel.
Obwohl er nie einer der ganz Großen war, war er dennoch ein respektierter ‚Geschäftsmann' in seinem Viertel. Auch seine Mädchen waren ihm immer treu.

Doch dann kam der Krieg.
Der zweite Weltkrieg.
Die Zeiten änderten sich abrupt.
Seine Bar hatten die Behörden auch dicht gemacht.
Man hatte ihm verschiedene Strafen nahegelegt.
Aber das Geschäft war eh schon am Stillstand gewesen.
Man gab ihm eine Chance.
Er könne sich freiwillig bei der Armee melden, auch wenn er aus dem einzugsfähigen Alter schon heraus war.
Er blickte ein letztes Mal über die Bucht.

Wenig später befand er sich in Europa.
Aufgrund seines Alters wurde er bis Ende des Krieges zum Lieutenant befördert.
Er hatte es geschafft, Offizier zu werden.

Obwohl er eigentlich nichts von der Armee als solches hielt, schon gar nicht von einer Karriere darin; für ihn bestand das Kämpfen mehr als eine Angelegenheit für sich selbst, für das Überleben im Viertel, nicht für ein Land; empfand er sogar ein bisschen Stolz.
Vielleicht war er sogar, nun als Offizier, der Gegend auf der anderen Seite der Bucht etwas näher gekommen.
Als der Krieg dann zu Ende war, hatte man ihn nach Frankreich versetzt, genauer gesagt, nach Paris.

Er war glücklich, nach Paris geschickt worden zu sein.
Paris war einfach die Stadt des Lebens.
Trotz der Nachkriegsnöte schien Paris ein relativ normales Leben in sich zu tragen. Von Not war wenig zu spüren, man hatte sich sehr schnell vom Krieg erholt.
Das Nachtleben brodelte wie eh und je.
Auch Paris war eine weiße Stadt.
Jedenfalls vermochte er sie wie eine weiße Stadt zu spüren.

Man hatte ihn untergebracht in einem Offizierswohnheim in der Nähe der Rue Saint-Denis, der berühmtesten Straße des Pariser Rotlicht- Milieus. Wenn er durch sie ging, fühlte er sich fast wieder wie zu Hause, was ihn, in der Ironie, sogar etwas amüsierte.
Doch er hatte seine Verachtung für diese Mädchen trotzdem nicht verloren.
Sie standen dort, wie zu Hause, an irgend welchen Ecken lehnend, gelangweilt schauend, auf den nächsten Freier wartend, dann in ein billiges Zimmer gehend, eines wie das, in dem er aufgewachsen war.

Der Geruch von Alkohol und Schweiß würde ihm nie aus der Nase gehen.

Er dachte wieder an die Bucht.

Seine Karriere als Lieutenant schien gut zu laufen.

Er hatte als Offizier gewisse Freiheiten.

So eben auch die, dass er in gewisser Weise auch seinen eigenen Geschäften nachgehen konnte.

Denn der Scharzmarkt blühte!

Wie gesagt, er stammte aus Downtown Miami. Er war mit Geschäftemachen aufgewachsen, und er war immer ein harter Junge gewesen.

Anfangs verdiente er sich etwas Geld, wie üblich, mit dem Tausch amerikanischer Zigaretten über den Tausch von Steaks und Truthähnen aus der PX.

Doch bald wurden die Geschäfte etwas größer.

Er hatte eine Diskrepanz entdeckt in den europäischen Besatzungszonen.

Das Geheimnis war der Wechselkurs des amerikanischen Dollars.

Der Wechselkurs des amerikanischen Dollars war in Tanger, Marrokko, etwa doppelt so hoch wie in Frankreich, d.h. in Tanger bekam man doppelt so viele französische Franks für einen Dollar wie in Frankreich.

Würde man also in Tanger sein Geld umtauschen, dann wieder in Frankreich rückumtauschen, Tauschgebühren und Rückumtauscherhöhungen eingerechnet, könnte man sein ursprünglich eingesetztes Geld wieder erhalten, zusätzlich eines nicht unerheblichen Überschusses.

Und so sammelte er das Geld der Kameraden ein und flog regelmäßig bei Soldauszahlung nach Tanger.

Als Offizier war er berechtigt, jeweils in einer Transportmaschine mitzufliegen.

Seine Vorgesetzten hatten natürlich nichts mitbekommen.

Die anderen Soldaten waren froh über ihren Überschuss, er

selbst hatte dann zehn Prozent von deren Überschuss selbst kassiert.

Sehr bald hatte er es zu einem bescheidenen Vermögen gebracht.

Wie gesagt, er war auch ein harter Junge.

Nichts konnte ihn unterkriegen.

Und so war es eben auch, dass er seine Zeit genoss. Es war auch nicht so schwer, sich den militärischen Pflichten zu entziehen. Schließlich war man ja die Siegermacht und so waren die Pflichten nicht so straff. Jedenfalls für die in Frankreich stationierten Soldaten. Jedenfalls hatte Paris viel zu bieten, besonders wenn man es sich leisten konnte.

Meistens saß er im Grand Cafe de Paris, bekannt für seine großen Meersesfrüchteplatten.

Und so lernte er auf einmal viele Leute kennen.

Es war auch nicht schwer damals für einen Amerikaner, wenn er die richtige Einstellung hatte und vor allem die richtigen Finanzen.

Er hatte dann immer erzählt, dass er aus einer reichen Familie aus Miami stammte, seine Eltern eines der großen Hotels in Miami Beach besaßen.

Und so traf er eines Nachmittags eine junge Französin. Ein junges Mädchen. Fast schüchtern war er von ihrem Antlitz, von ihrer Feinheit und Eleganz. Ihrer Unschuld, Anmut und Schönheit.

Sah er ihre hellbraunen Augen und ihr glänzendes dunkles Haar, musste er an zu Hause denken.

Nicht an sein Zuhause, sodern an die andere Seite der Bucht. Die Seite der Bucht, zu der er nie gehören würde. Doch sie trafen sich wieder.

Erst nur auf einen Kaffee, dann zum Abendessen.

Es war nicht so, dass er nur angeben wollte, aber er konnte ihr doch nicht erzählen, dass er in Wahrheit ein Bordell führte; auch hätte er Angst gehabt, sie hätte ihn nicht mehr sehen wollen. Natürlich hätte sie ihn nicht mehr sehen wollen! Ein Mädchen wie sie wäre doch nicht mit einem wie ihn gegangen!
Also erzählte er von seiner Familie und dem großen weißen Haus am Strand.

Sie erzählte, wie sie ein junges Mädchen war, von ihren Studien auf der Sorbonne.
Sie trafen sich nun regelmäßig und er wusste, er hatte sich in sie verliebt.

Das erste Mal in seinem Leben, dass er es mit einem Mädchen zu tun hatte, das nicht eine Nutte war!

Und er konnte es kaum glauben, sie ist mit ihm gegangen.
So trafen sie sich über die Wochen.
Sie hatte ihn auch im Offizierswohnheim besucht,
doch er war nie bei ihr zu Hause oder bei ihren Eltern, denn er war trotz aller Freiheiten, die er sich nahm, dennoch von der militärischen Ordnung, wenigstens in einem gewissen Umfang, eingeschränkt. So musste meist die mitternächliche Sperrstunde eingehalten werden. Manchmal hatte auch sie keine Zeit.
Doch sie trafen sich öfter und öfter und sie wurden ein Paar.

Alles war mit ihr anders als mit all den anderen.
Alles war so schön, so ruhig, so gepflegt und elegant.
So, wie er es sich immer gewünscht hatte.
Das erste Mädchen, das keine Nutte war!

Er hatte es also geschafft. Er war auf der anderen Seite der Bucht angelangt. Er hatte es geschafft, wegzukommen aus

seiner Umgebung. Die Umgebung, die ihn geprägt hatte,
aus eigener Kraft, durch die Liebe eines Mädchens.
Er war nun auf der anderen Seite der Bucht!

Er wollte ihr dennoch seine wahre Herkunft nicht sagen, es
würde sein Geheimnis bleiben. Er würde nicht mehr nach
Amerika gehen. Sie würden in Europa bleiben.
Er würde ein neues Leben beginnen. Keine schmutzigen
Geschäfte mehr. Keine Nutten und Zuhälter. Er würde es
schaffen. Er wusste, dass er es schaffen würde!

Er hatte dann um ihre Hand angehalten.
Sie hatte zugesagt.

Er hatte nun die Liebe seines Lebens gefunden.
Sein Traum ist in Erfüllung gegangen.

Am Abend vor ihrer Hochzeit ging er noch ein bisschen
spazieren. Er würde sie dann am nächsten Morgen abholen.
Aus Spaß ging er noch ein letztes Mal durch die Rue Saint-
Denis.

Er schlenderte mit einem Lächeln durch die Straße.
Doch auf einmal blieb er stehen.

Das Blut schoss ihm durch den Kopf.

Er sah sie dort stehen, an einem Eck, neben den ganzen
anderen Mädchen.

Sie war beim Anschaffen gewesen!
Sogar an ihrem letzten Abend vor der Hochzeit.

Irgendwie hatte man ihn dann nach Amerika
zurücktransportiert.

Viele Jahre später ist er verarmt gestorben.

Man hat ihn dann in einem kleinen Friedhof begraben.

In einem kleinen Friedhof auf der anderen Seite der Bucht.

Das Bier

Im Ersten läuft ein Heimatfim.
Im Zweiten eine Diskussionsrunde; vier Leute sitzen da und
diskutieren über die Einflüsse der Religionen Zentralafrikas
auf die der Inselkulturen im Pazifik. Der Wortführer hat zu
lange Haare.
Im Dritten die Wiederholung der Sportschau vom Abend.
Dann ein Historienfilm mit Yul Brynner.
Der Kulturreport des Schweizer Fernsehens auf 3sat.
Unerträgliche Sitkoms auf Pro Sieben.
Ein Sexfilm auf Rtl.
Auf ntv kocht jemand etwas.
Auf ORF 2 singt Ludwig Hirsch.
Das Dritte Reich wo anders.
Auf Kabel 1 ein Film mit Elliot Gould, den Du schon zehn
Mal gesehen hast, obwohl er Dich schon beim ersten Mal
gelangweilt hat.

Wieder eine deutsche Aktionserie. Eine Frau ist gerade drei
Meter durch die Luft geprungen und dann einem anderen
mit den Füßen im Gesicht gelandet.
Einer macht einen Witz, künstliches Gelächter aus dem
Hintergrund folgt darauf.
Ein Film auf französisch läuft; der wäre vielleicht ganz gut,
aber Du kannst ihn nicht verstehen.
Eine Reportage über Probleme von Kleingartenhaltern.
Eine über das Liebesleben auf Sylt und dem Partyleben
von einer, die singt.

Du bist mit Deiner Fernsteuerung schon zum fünften Mal in
jedem Kanal gewesen.
Du machst Dir ein Bier auf und nimmst einen großen
Schluck.

Du bleibst schließlich hängen bei der Wiederholung einer
Quizshow vom Nachmittag.
Du nimmst noch einen Schluck Bier.

Der Fernseher läuft, Du nickst kurz ein.

Du wachst wieder auf.
Der Fernseher läuft.
Du nimmst einen Schluck Bier.
Es schmeckt auf einmal unangenehm komisch.

Es war schon der nächste Morgen.

Im Fernseher läuft gerade Werbung.

Die Wassermelone

"Wir wollen keinen Krieg. Wir wollen keinen Krieg.
Friede auf Erden. Friede. Friede!"
Eine relativ große Gruppe von Demonstranten lief über den
Mall.
„Liebe, nur Liebe auf Erden."
Die meist jungen Leute schrien immer neue Parolen.

Der Mann schaltete den Fernseher aus.
"Ich kann diese jungen Typen nicht ausstehen. Sollen sie
sich doch erst mal selber anschauen. Demonstrieren hier für
den Frieden, diese kleinen Arschlöcher", murmelte er in
sich selbst hinein.
Er ging in die Küche und öffnete eine Flasche Bier.
"Die ganze Welt ist nicht mehr das, was sie einmal war.
Nur Rotznasen, Neger und Juden. Und die ganzen schwulen
Bastarde noch dazu.
Es ist alles nicht mehr das, was es einmal war."
Er trank von seinem Bier.
"Sie wollen alle der Welt gut tun. Der ganze Dreck."
Er ging ins Schlafzimmer.
„Nur Juden und Neger, am besten wir schicken sie alle
zurück nach Afrika", murmelte er weiter.
Bald schlief er ein.

Auf dem Weg nach Hause von der Arbeit, hielt er an, um
sich noch eine Wassermelone zu kaufen.
Da war eine Stand gleich beim Highway.
Ein alter schwarzer Mann hatte sie dort verkauft.
Die Wassermelonen waren auf einem alten Lastwagen
gestapelt. Er hatte sie dort schon seit vielen Jahren verkauft.
Nicht viele Leute kauften ihm etwas ab.
So war der alte schwarze Mann froh um jeden Dollar.

Er kaufte eine und legte sie dann in den Kofferraum seines Autos.

„Bis morgen, dann", winkte der alte schwarze Mann ihm zu, als er wegfuhr.

Hinter seinem Haus war ein großer Haufen von Wassermelonen, die langsam vor sich hinschimmelten.

Ein Bild

"Ach, ich kann mich erinnern, diese Schlappen hab ich in Bali getragen."

"Sie schauen fast so aus wie die, die ich in Nepal gekauft habe. Sie haben noch nie so ein wunderbares Hotel gesehen. Ich weiß, die Leute sind dort arm. Es bricht einem das Herz. Aber das Hotel war einfach unbeschreiblich! Dann wurden wir dort hingebracht wo Hillary seine Expedition gestartet hat; einfach himmlisch!"

"Kann ich mir vorstellen. Hab ich Ihnen nicht von unserem Trip nach Hong Kong erzählt? Atemberaubend! Obwohl, es ist ja auch nicht mehr das, was es einmal war. Trotzdem war Hong Kong großartig! Sie kennen doch diesen japanischen Künstler? Sein Name ist...Er ist mir gerade entfallen. Der, der das neue Kulturzentrum in Sevilla gebaut hatte."

"Ja, ich weiß, wen sie meinen. Ich kann mich auch nicht an seinen Namen erinnern. Ein wunderbarer Künstler. Und auch so talentiert!"

"Nun, er hat in unserem Hotel in Hong Kong übernachtet. Ein solch wunderbarer Künstler und ein solch wunderbarer Mann. Wir hatten uns schon einmal in Cannes unterhalten. Er vertrat die beeindruckende Theorie, dass Kunst schockieren muß. So würde es Leute mehr zum Denken anregen. Hochinteressant!"

"Da Sie gerade Sevilla erwähnen, wir sind dieses Jahr dort gewesen. Im neuen Guggenheim. Eine wunderbare Sache. Ich hatte dort eine hochinteressante Unterhaltung mit einem spanischen Maler, der auch viel mit Design zu tun hat. Er sagt, dass man die Realität nur im Abstrakten finden kann. Oft habe ich darüber nachgedacht. Und ich glaube, es hat viel auf sich."

Die beiden Mädchen standen vor einem übergroß gemaltem Bild in einer Gallerie.

Das Bild war von Andy Warhol und zeigte das Letzte Abendmahl von Jesus und seinen Aposteln. Alles in bunten Farben gemalt.

„Und wie gefällt Ihnen dieses Bild", fragte das eine Mädchen wieder.

„Ein wunderbares Werk"

"Und was hältst Du davon?", fragte sie ihn, der auch dort stand.

Er hatte den ganzen Abend über nicht viel gesagt.

Nun, es ist ganz nett. Es ist eben das Letzte Abendmahl von Da Vinci", sagte er, wissend, dass das Originalgemälde von Da Vinci ist.

"Da Vinci?", sagte sie und schaute ihn von Kopf bis Fuß an.

„Wieso Da Vinci!? Das Bild ist von Warhol!"

Die Mädchen schüttelten ihre Köpfe.

Sie wendeten sich wieder gegenseitig zu.

"Ich habe einen interessanten Artikel über Buddhismus letzte Woche gelesen. Man sollte sich mehr damit auseinandersetzen."

„Übrigens, habe ich Ihnen schon meine neuen Stiefel gezeigt, die ich mir dieses Jahr in der Schweiz gekauft habe. Es war einfach eine wunderbare Reise...."

Er war bald gegangen.

America

Er war schon ziemlich lange auf der breiten Landstraße unterwegs gewesen.

Meistens nur Einöde, immer durchbrochen von einem kleinen Einkaufszentrum. Jedes dieser Einkaufszentren, meistens in Hufeisenform, glich sich aufs Haar. Immer gab es einen Pizzaladen, ein riesiges Lebensmittelgeschäft, einen Hardwarestore für Heim und Garten, sowie ein Geschäft für Postkarten und natürlich einen Burgerladen, der hieß dann immer Blimpies oder Wimpies oder so. Manchmal gab es auch einen Chinesen. Wer weiß, wie der Chinese dort jeweils hingekommen ist. Aber man darf wohl nicht vergessen, das Land ist multikulturell.
Und nicht zu vergessen, eine große Tankstelle war auch immer da.
Dann immer wieder Häuschen. Es gab irgendwie keine Städte, nur viele, viele Häuschen.

Er hielt an, um sich eine Flasche Wein für den Abend zu kaufen.
Doch Alkohol war verboten.

Er war unterwegs zum Eastern Shore.
So hieß der Landstrich am Meer.
Er hatte sich die ganze Zeit überlegt, warum er zum Eastern Shore fuhr, wo er doch gerade Richtung Westen unterwegs war, es müsste doch eigentlich Western Shore heißen. Der Ort hieß aber Eastern Shore.
Man hatte ihm dann erklärt, dass, wenn man die USA als Ganzes geographisch betrachten würde, es schon richtig sei, dass der Eastern Shore eigentlich Western Shore heißen

müsste; aber aus Sicht des sich befindlichen Staates ist es so, dass der Eastern Shore im Osten liegt, da der eigentliche Western Shore schon wieder in einem anderen Staat liegt. Was wahrscheinlich wiederum bedeuten würde, dass aus Sicht des anderen Staates, dessen Eastern Shore dann konsequenter Weise wahrscheinlich Western Shore heißt. Oder so ähnlich!

Als er in seinem Hotel ankam, fand dort gerade ein Schönheitswettbewerb statt.
Verwunderlicherweise war die Schönheitskönigin gerade fünf Jahre alt.
Er wunderte sich über die vielen kleinen Fähnchen, die an den Briefkästen klebten.
Und dann die Beschriftungen: ‚We are proud to be American'.
Einer hatte sich die amerikanische Flagge mit Tausenden von Glühbirnchen auf seinem Dach nachgebildet.
Er wunderte sich über den Patriotismus.

Aus dem Radio kam in regelmäßigen Abständen:
„Ihr müsst einkaufen um zu sparen. Ihr müsst einkaufen um zu sparen."
Immer wieder klang die Stimme aus dem Radio oder dem Fernseher oder aus Lautsprechern überall.
Es klang wie die Stimme Gottes und jeder schien ihr zu folgen:
„Sale! Sale! Buy one, get one free"

Auf den Straßen lief keiner. Niemand saß in einem Cafe. Niemand zeigte sich modisch. Das Einzige, was nicht zu übersehen war, waren die Schilder, die einen ‚Neighbourhood Watch' anzeigten.

Aber es war doch nicht so lange her, dass er dagewesen war!

Es hatte ihm doch gefallen!
Er fuhr wieder zurück in die Stadt, von seinem Ausflug ans Meer. Zurück aus der amerikanischen Provinz.

Doch auch hier wunderte er sich.

Hier liefen schon welche. Manche auch modisch, doch irgendwie nicht natürlich, sie präsentierten sich modisch, sie präsentierten *sich*.
Er war beim Einkaufen. Es bediente ihn Larry, etwa Anfang zwanzig; zweifelhaft, ob er je eine Schule besucht hatte, doch er nannte sich ‚General Assistent Manager of Marketing und Sales'.
Die Stadt war so groß, doch so unnatürlich sauber. Es gab keine Stadtstreicher, keine Bettler, keine bröckelnden Fassaden.
Überall nur Galleristen und Aktristen und Börsisten...
Alles herausgeputzt. The 'Top of the World'.
Alles schön und sauber. Man ging nicht einmal bei ‚rot' über die Straße.

Wo waren denn die Obdachlosen, die alten Leute?
Kinder hatte es auch früher nicht so viele gegeben.
Die normalen Leute. Wo waren sie?

Sie waren auf der anderen Seite vom Fluß, im anderen Teil der Stadt.
Schaute man rüber, sah man grau in grau, fast schwarz in die Häuser und Gebäude. Eine unendliche Trostlosigkeit.

Doch aus dem Grau konnte man wieder eine Leuchtschrift erkennen.
Auf der stand ganz groß:
‚We are proud to be American'

Er konnte es nicht mehr verstehen.

Er flog wieder weg.
Es hatte ihm dort nicht gefallen.
Er verstand den amerikanischen Patriotismus nicht mehr.
Auch wenn er dort aufgewachsen war!

Doch mehrere Wochen später:

Bilder waren aus Amerika zu sehen. Von irgendeiner
Feierlichkeit.
Die Leute hatten gerade an die Fahne gebetet.
Irgendwie wurde der Fernseher lauter.

Auf einmal stand er auf und fing an laut vor sich hin zu
reden:

"I pledge allegiance to the Flag of the United States of
America. To the Republic for which it stands. One Nation
under God....."

Jura für Anfänger

Es waren einmal zwei, die lebten in Streit.

Sie lebten zwar miteinander, aber wie gesagt, immer in Streit.
Sie hatten sich schon anfangs nicht gemocht, trotzdem wohnten sie in der gleichen Wohnung. Warum, weiß keiner. Je öfter sie sich sahen, über die Jahre hinweg, hassten sie sich immer mehr.

Manchmal hatte der eine dem anderen, als er noch im Bett lag und schlief, noch schnell einen Faustschlag ins Gesicht gegeben und verließ dann voller Freude das Haus.
Die größte Freude war für den einen, als der andere sich mit einem dunklen Bier in der Sauna betrank und nachher „sauber auf die Fresse viel".
Eine Baseballschlägerattacke war die Rache auf die süße Schadensfreude.
Doch die Streitereien eskalierten immer mehr. Es folgten Messerattacken. Schußverletzungen. Granatenanschläge.

Die beiden waren stadtbekannt.
Denn da waren sich zwei begegnet.

Doch eines Abends kam der eine nach Hause. Der andere hatte auf ihn gewartet.
Und zwar mit einem Lampenständer in der Hand. Ein sehr massiver Lampenständer war es, wie man zur Vervollständigung sagen muss.
Jedenfalls wartete der eine mit dem Lampenständer vor der Tür.
Als der eine die Tür öffnete und hereinkam, schlug der andere mit vollster Wucht zu.

Er war sofort tot.
Der andere freute sich diebisch.

Leider war ein kleiner Fehler passiert.

Es war nicht der eine nach Hause gekommen, sondern ganz
ein anderer.
Es hatte also einen Dritten erwischt!
Womöglich einen ganz Friedfertigen. Warum er gerade
durch die Tür kam, weiß kein Mensch.

War der eine nun ein Mörder oder nicht?
Mörder ist nur der, der heimtückisch einen anderen
umbringt.
Heimtückisch ist nur der, dessen Opfer arglos ist.

War der Dritte arglos?
Wohl ziemlich sicher anzunehmen. Er hatte mit den beiden
ja nichts zu tun.

Also war der eine demnach heimtückisch?
Nur dachte der eine, dass der Erschlagene, der zur Tür
hereinkam, ja der andere war.
Dies bedeutet, dass der eine einen Irrtum begangen hatte.
Nämlich eine „Error in persona".
Ein zu vernachlässigender Irrtum, jedoch nicht in Bezug auf
die ‚Heimtücke'.
Denn der Erschlagene war arglos, aber der andere, der, der
erschlagen werden sollte, war nicht arglos, denn er mußte
aufgrund der langen Auseinandersetzungen mit Anschlägen
auf ihn rechnen.

Also war das gemeinte Opfer nicht arglos.
Also konnte der eine, der schlug, nicht heimtückisch sein.

Demnach war er auch kein Mörder.

Und die Moral von der Geschicht: Viel Gewalt kann manchmal lohnend sein.

Doch leider nützt dies dem Dritten nichts.

Der Hohenzollernplatz

Lebendigkeit und Zwiespältigkeit, Hässlichkeit und
Schönheit, Gemeinsamkeit und Verlorenheit, in Bewegung
sein von einem Ort zum nächsten, die Suche nach Neuem.

Unten an der Münchner Freiheit war einmal ein kleiner
Pizzastand.
Dort gab es die besten Pizzas der ganzen Stadt.
Es war schon viele Jahre her.
Der Stand war damals unten im Hertiehochhaus, auch an
der Münchner Freiheit; so heißt der Platz.
Das Hochhaus ist damals abgerissen worden, weil es
angeblich so hässlich war.
Ein neues Gebäude steht nun da, nur noch halb so hoch,
aber eigentlich sogar noch ein bisschen hässlicher.
Alle sind sich darüber einig; jedenfalls die meisten.

Auch ist die Münchner Freiheit kein sonderlich schöner
Platz.
Das Herz Schwabings. Manche sagen sogar einer der
hässlichsten Plätze der Stadt.
Jedenfalls architektonisch gesehen.
Nur für Fußgänger frei, alles mit Beton überzogen, gestaltet
in den 70er Jahren.
Die U-Bahn Station hat den selben Namen.

Andererseits ist die Münchner Freiheit auch einer der
schönsten Plätze der ganzen Stadt.
Jedenfalls einer der Lebendigsten.
Eine Art Treffpunkt für alle.
Am oberen Ende des Platzes ist das Cafe Münchner
Freiheit, mit seinen vielen Tischen auf dem Platz; dort

sitzen mehr die Jüngeren. Daran anschließend viele Bänke und Stufen um den Brunnen, der in der Mitte des Platzes ist, die immer voll sind, wenn es sonnig ist; viele junge Leute, die Bier trinken oder Eis essen.

Daneben die vielen Schachplätze, meist nur von Pennern oder ähnlichen benutzt.
Dort spielen immer Cäsar, Meister des Schachs, Max mit der Mütze, der immer eine dicke Wollmütze trägt, egal wie heiß es ist, oder der Juristen -Tom, es heißt, er soll mal früher Richter gewesen sein. Nicht zu vergessen, den Mathe- Hannes.

Am unteren Ende dann das Cafe Forum; hier sitzen immer mehr die Älteren.
Nicht zu vergessen, gleich neben dem Cafe Münchner Freiheit ist noch Wolfgangs Cafe, dieses hat nicht mehr als fünf oder sechs Tische.
Eigentlich heißt Wolfgangs Cafe nicht Wolfgangs Cafe. Es ist nur so, dass alle es so nennen, weil der frühere Pächter Wolfgang hieß.
Der ist aber schon lange nicht mehr da.
Nichtsdestotrotz, wer etwas auf sich hält, der sitzt in Wolfgangs Cafe und nicht im Cafe Münchner Freiheit. Man freut sich, wenn man dann zu den anderen herüberschaut.

Um den Platz schließen sich dann die vielen Häuser Schwabings.
Die Leute an der Münchner Freiheit stellen eine ziemlich bunte Mischung dar.
Aufgesteilte junge Mädchen und ihre Begleiter in Wolfgangs Cafe, nicht ganz so Aufgesteilte im Cafe Münchner Freiheit. Gar nicht Aufgesteilte beim Schachspielen.

Auch nicht zu vergessen neben dem CMF noch der ganz kleine Spielplatz mit einer Schaukel und einer Rutsche.
Spielende Kinder zu hören.
Der Busbahnhof auch nicht weit weg.

Weg von der Münchner Freiheit wendet dann die Leopoldstraße. Die Flaniermeile der Stadt.
Insgesamt ist die Münchner Freiheit etwas schicker als früher.
Ein paar von den Kneipen in den Straßen dahinter hatten zugemacht, in denen man, wenn man an der Theke ein Bier trank, aufpassen musste, dass man es mit der Hand nicht loslässt, dass nicht der neben einem schnell einen Schluck daraus trinkt. Geschweige denn, dass man kurz austrat.

Der größte Teil der Gegend ist jedoch luxussaniert.
Der alte Charme ist doch immer noch derselbe.
Denn eines hat die Münchener Freiheit auf alle Fälle:

Sie wiederspiegelt die Lebendigkeit und Zwiespältigkeit von Hässlichkeit und Schönheit, von Gemeinsamkeit und Verlorenheit, von in Bewegung sein von einem Ort zum nächsten, nicht zuletzt von der Suche nach Neuem.

Die U-Bahn Linien U3 und U6 fahren nach Süden, Richtung Innenstadt, nach Norden stadtauswärts.
Die Gegend um die Münchner Freiheit nennt man Altschwabing.
Der andere Teil von Schwabing liegt westlich von der Münchner Freiheit.
Er ist mit der U-Bahn nicht erreichbar. Man muss, um mit der U-Bahn nach West-Schwabing zu kommen, mehrere Stationen in die Innenstadt fahren und mit der U8 wieder „zurückfahren". Östlich liegt der Englische Garten.

Jedenfalls gab es, als das Hertiehochhaus noch stand,
diesen Pizzaladen.

Er war, wie gesagt, berühmt für die besten Pizzas der
ganzen Stadt, obwohl er nicht mehr als ein kleines Fenster
hatte, durch das die Pizzascheiben verkauft wurden.
Zeichen für die Beliebtheit war unverkennbar die Wurst auf
der Pizza!
Die beste Pizza der Stadt, aber die Salami darauf absolut
ungenießbar.
So lagen um den Laden herum, wohl in einem Radius von
hundert Metern, über die ganze Münchner Freiheit,
unendlich viele Wurstscheiben auf der Straße.
Die Leute hatten sie immer abgekratzt und auf den Boden
geschmissen.
Man konnte die Wustscheiben, in ihrem Aussehen
unverkennbar, zählen, unenlich viele; ein Zeichen für das
gute Geschäft und die Qualität der Pizzas.

Im Westen von Schwabing, fast in gleicher Höhe der
Münchner Freiheit, ist der Hohenzollernplatz.
Ähnlich wie die Münchner Freiheit, auch mit ein paar
Cafes, nur ein bisschen kleiner.
Die U-Bahnstation heißt auch so.

Doch das Interessanteste am Hohenzollernplatz war seine
U-Bahnstation.
Das heißt, nicht die U-Bahnstation als solches.
Sondern etwas, das sich in der U-Bahn Station befand.
Nicht für alle, aber für manche.

An einer Wand auf der anderen Seite der Gleise im Tunnel
klebte etwas gleich über der Beschriftung
„Hohenzollernplatz".

Es war eine Wurstscheibe.

Zweifellos eine Wurstscheibe von der Münchner Freiheit. Ein ganzes Stück ist wohl einer gefahren, bis er die Wurst hier an die Wand schmiss.

Lebendigkeit und Zwiespältigkeit, Hässlichkeit und Schönheit, Gemeinsamkeit und Verlorenheit, in Bewegung sein von einem Ort zum nächsten, die Suche nach Neuem.

Ein Besuch

„Es hat sich nichts geändert, seit ich das letzte Mal hier war. Ich weiß nicht mehr, wieviele Jahre es her ist", sagte der Jüngere, schaut sich um und legt seinen Koffer ans Fenster.

„Ich weiß auch nicht mehr, wieviele Jahre es her ist. Ich hab seit Jahren auch hier in der Wohnung nichts mehr gemacht", meinte der Ältere und blickte durch das Zimmer. „Schön, dass Du wieder da bist! Ich bring gleich Deinen Koffer ins andere Zimmer. Ich hab es immer noch für Dich behalten. Wir essen noch kurz zusammen. Ich habe ein paar Sandwiches für uns bestellt. Dann kannst Du Dich ein bisschen hinlegen".

„Ich bin nicht wirklich müde. Ich würde mich nur kurz ausruhen."

„Ist doch klar. Außerdem, weißt Du, dass Du ganz schön grau geworden bist für Dein Alter?"

„Du auch!", erwidert daraufhin der Jüngere.

Er lacht dabei Es klingelt an der Tür. Der Doorman hatte von unten ein paar Sandwiches heraufgebracht. Sie setzen sich auf die Couch und essen. Der Ältere macht den Fernseher an. Es läuft ein Baseballspiel.

„Guckst Du manchmal Baseball", fragt der Ältere. „Nein, nie."

„Solltest Du aber. Seit ich ein Kind war, steh ich auf die Yankees."

Aus dem Nichts wirft er auf einmal einen Baseball durch die Wohnung. Der Jüngere kann ihn gerade noch fangen. Sie werfen den Ball noch einige Minuten hin und her, über das Sofa kletternd, versuchend, Sachen nicht umzustoßen. Beide sind etwas außer Atem.
Der Jüngere geht wieder ans Fenster und schaut auf den Regen.

„Es regnet schon seit Tagen. Es scheint nicht aufzuhören", meint wieder der Ältere.

Der Jüngere nimmt seinen Koffer, geht ins andere Zimmer und legt sich ein bisschen hin.
Es ist inzwischen dunkel geworden. Der Jüngere ist nach seinem Schläfchen aufgewacht und betritt wieder das Wohnzimmer. Draußen regnet es noch immer.

„Also, bist Du wieder wach. Komm, setz Dich zu mir. Wir machen uns einen schönen Abend.
Ich habe Dich schon Jahre nicht gesehen. Also Dir geht's doch gut?", fragte ihn der Ältere.

„Ja, sicher, alles in Ordnung."

„Komm, setz Dich neben mich und erzähl.
Ich habe mich schon lange nicht mehr unterhalten!"

„Können wir! Alles ist in Ordnung zu Hause und allen geht es gut", erwiderte der Jüngere.

„Ich hol Dir erst etwas zu essen
Möchtest Du etwas trinken?"

Er ging an die Bar und schenkt beiden einen Whiskey ein.

„Vielleicht können wir in den nächsten Tagen zusammen ein Yankeespiel besuchen."

„Aber ganz bestimmt. Ich besorge gleich morgen
Vormittag Karten für nächstes Wochenende.
Es gibt so viel, was wir zusammen noch machen müssen.
Wir haben so viel versäumt die letzten Jahre.
Es ist einfach schön, wieder mit Dir zu sein.
Übergangsweise benutzt Du das Schlafzimmer dort hinten.
Und dann können wir weiter sehen.
Für die ersten paar Monate wird es schon gehen.
Die Hauptsache ist, dass Du bei mir bist", meint der Ältere

Er nimmt noch einen Schluck Whisky.

„Ich versteh nicht ganz. Ich sollte Dich doch nur ein paar Tage besuchen."

„Aber ich dachte, Du willst etwas bei mir sein. Auf meine alten Tage ist es immer etwas langweilig. Ich dachte, es wär schön, Dich nach all den Jahren bei mir zu haben", daraufhin der Ältere.

„Es ist ja schön, Dich zu sehen, aber ich habe mein eigenes Leben. Ich kann Dir doch nicht die Zeit vertreiben. Ich meine für ein paar Tage gerne. Aber doch nicht für länger."

Er nimmt sich noch einen Whisky.

„Ich wollte nur, dass Du bei mir ist, jetzt, da ich alt werde."

„Selbst wolltest Du nie eine Familie haben ", daraufhin der Jüngere.

„Ich habe doch Dich."

„Du weißt, was ich meine.
Wir haben nie viel von Dir gehört.
Mal kam eine Weihnachtskarte. Sogar mal ein Anruf, mehr
nicht."

„Es war einfach so.
Du wirst es nicht verstehen. Ich habe mehr gelitten als Du
glaubst!"

„Und, im übrigen, auf ein Yankee-Spiel hast Du mich nie
mitgenommen.
Aber es ist ja auch egal und lange her. Ich bin ja auch gerne
so gekommen.
Lass uns nicht mehr darüber reden
Lass mich kurz telefonieren", daraufhin der Jüngere.

Der Jüngere geht ins andere Zimmer macht einen Anruf, er
kommt gleich zurück ins Wohnzimmer. Der Ältere spielt
mit der Fernbedienung.

„Wen hast Du angerufen?", fragt der Ältere.

„Niemand wirklich. Ich habe nur Bescheid gegeben, dass
ich gut angekommen bin."

„Wen hast Du denn angerufen?
Hast Du denn eine kleine Freundin?"

„Ich habe nicht eine „kleine Freundin".
Es ist ein Mädchen, dass ich sehr schätze und liebe",
erwidert der Jüngere.
„Das ist ja schön für Dich!"

Es klingelt an der Tür.

Die Nachbarin und alte Freundin kommt herein.

„Ich habe gehört, dass Du kommen wolltest. Wie schön,
dass Du wieder da bist. Ich habe Dich schon Jahre nicht
mehr gesehen. Gut schaust Du aus.
Er hat Dich ja so vermisst.
Er spricht andauernd nur von Dir.
Wie geht es Dir denn?", meint die Nachbarin.

„Danke, sehr gut", erwidert der Jüngere.

„Ich wollte nur kurz hereinschauen.
Ich komme nachher noch einmal vorbei. Bis dann."

Sie verlässt die Wohnung
Die Beiden nehmen sich einen weiteren Whiskey und
schauen in den Fernseher.
Die Yankees spielen gerade.
Die Beiden starren noch in den Fernseher.
Eine leichte Spannung liegt noch in der Luft.

„Wie sieht es aus bei Euch?", fragt ihn der Ältere.

„Wir wollten erst mal schauen wie alles läuft. Dann wollen
wir weiter planen und zusammenbleiben."

„Was willst Du denn mit einem Mädchen.
Du kannst doch viele haben.
Sei doch nicht so blöd und binde Dich. Es ist die Freiheit,
die das Leben ausmacht. Wer sich bindet ist doch selber
Schuld. Ich habe mich nicht binden lassen, ich habe mein
Leben genossen", auf einmal der Ältere.

„Du weißt doch nicht, was Du sagst. Schau Dich doch an.
Ich will es nicht so machen wie Du!", erwidert darauf der
Jüngere.

„Jedenfalls kann ich nur ein paar Tage bleiben! Wenn Du Probleme hast bin ich für Dich da, aber sonst nicht."

„Was soll das heißen? Ich bin jetzt alt und möchte jemand um mich herum haben!"

„Ich komme Dich gerne immer wieder besuchen, aber nicht mehr!", der Jüngere.

„Ich hab mich in Dir getäuscht. Du bist richtig undankbar.
Mit allem, was ich für Dich gemacht hab!
Dann fahr halt wieder zu ihr, wenn Du Dich nicht um mich kümmern willst", der Ältere plötzlich böse.

Daraufhin verlässt der Ältere wütend das Zimmer.
Der Jüngere setzt sich wieder auf die Couch und hält seine Hände über das Gesicht.
An der Eingangstür steht die Nachbarin.

„Hör nicht auf ihn. Es ist nur ein verbitterter alter Mann, der alles in seinem Leben falsch gemacht hat.
Er meint alles nicht böse.
Fahr am besten gleich. Es ist wohl das beste für Euch beide.
Ich werde mich schon um ihn kümmern", sagt die Nachbarin zu ihm.

Sie langt ihm an die Schulter.
Er nimmt seinen Koffer aus dem anderen Zimmer und geht zur Eingangstür.

„Gut, ich werde jetzt gehen. Danke für die Hilfe. Und kümmern Sie sich bitte um ihn.
Ich werde sobald wie möglich wieder vorbeischauen", verabschiedet er sich.

„Das werde ich machen", erwidert sie.

Er verlässt die Wohnung
Er setzt sich in ein Taxi und fährt los.

Der Ältere kommt wieder ins Wohnzimmer.
Die Nachbarin ist auch nicht mehr da.
Er setzt sich wieder auf das Sofa.
Es ist sehr still.
Er hält ein altes Photo in der Hand von einer jungen Frau.
Er starrt unentwegt darauf.

„Ich habe immer nur Dich geliebt.
Ich habe immer nur Dich geliebt"

Er fängt an zu heulen.

„Ich habe immer nur Dich geliebt.
Ich habe immer nur Dich geliebt."

Es ist das Bild seiner geschiedenen Frau, der Mutter
seines eben abgefahrenen Sohnes.

Die Einsamkeit der Wölfe

Alles um Dich herum ist ruhig.
Ruhig und langweilig.
Du fühlst Dich allein.

Du gehst in den Supermarkt hinunter, obwohl Du eigentlich
gar nichts brauchst, aber eben nur, um einmal kurz
rauszukommen.
Du freust Dich dann, dass der Mann, bei dem Du immer
Deine Flaschen abgibst, Dich begrüßt. Die Kassiererin
wünscht Dir dann auch einen schönen Tag.
Du fängst an, die Worte zu zählen, die Du heute gesprochen
hast. Also, zweimal ‚Guten Tag' und noch ein ‚ Ich Ihnen
auch'.
Ach ja, da war noch die Frau am Hauseingang, die wissen
wollte, ob es sich in dem Haus gut leben lässt. Also wird
noch ein ‚ Ich denke schon' hinzu addiert.

Das Telefon klingelt selten. Das Mobiltelefon nie!
Doch dann fällt Dir ein, dass Du Deine Mobilfunknummer
auch gar niemanden gegeben hast.
Der letzte Anruf kam am Abend davor von deiner Mutter,
am Tag zuvor war es Dein Vater.

Das Highlight der Woche war eine Tasse Kaffee mit dem
Mädchen aus dem fünften Stock. Du hättest die Einladung
gerne wiederholt, aber sie ist nun für die nächsten Wochen
im Urlaub.
Dein bester Freund hat nur Zeit, wenn seine Frau ihn lässt.
Du ziehst es vor, alleine zu sein.

Die einsame Tasse unten im Cafe hat Dich wenig
befriedigt, eher im Gegenteil.

Im Fernseher läuft Schrott, genauso wie die Woche davor und auch die davor.

Deine Nachbarin hatte Dich das Wochenende angerufen, sie könne nicht schlafen. Du solltest doch mit ihr sich bei dem lärmenden Menschen beschweren.
Du hattest nichts vom Lärm gehört.
Du beschwerst Dich auch nicht gerne.
Doch der Beschwerdegang kommt Dir vor wie ein willkommenes Abenteuer.

Deine Lieblingsplatte kannst Du nicht mehr hören. Die anderen schon gar nicht.
Durch die Straßen spazieren schon überhaupt nicht.

Im Fernseher lief, abgesehen vom restlichen Schrott, eine Fassbinder-Reihe.
Du hattest Dir bis jetzt jeden Film angeschaut.

Du hasst Fassbinder Filme.
Jeder hasst Fassbinder Filme.
Fassbinder selbst hasste seine Filme.

Immer irgendwelche Probleme über Einsamkeit in der Gesellschaft.
Du hast das Gefühl, Du bist selbst in einem Fassbinder Film.
Du fühlst Dich allein.

Dann musst Du wieder an sie denken.
Es wäre doch schön, wenn sie noch da wäre.
Du warst jeden Tag mit ihr zusammen.
Sie war auch so schön gewesen.
Es waren doch auch so viele schöne Momente.

Es hat immer noch keiner angerufen.

Deine Nachbarin ist sich wieder beschweren gegangen.
Du fühlst dich besonders allein.

Sie war doch so schön gewesen.

Du denkst wieder an Fassbinder.
Dann musst Du an Euren letzten gemeinsamen Urlaub
denken.

Wie Du angefangen hast, sie zu hassen.
Du hast sie geliebt. Doch dann immer weniger.

Sie musste nur den Mund aufmachen und Du hast sie
gehasst.
Immer laut und besserwisserisch.
Sie konnte auch nicht nur fünf Minuten den Mund halten.

Du hattest ihr Deine Heimatstadt zeigen wollen.
Die Stadt, die Du auch geliebt hast, jedenfalls für die Zeit in
der Du sie jedes Jahr besucht hattest.
Du wolltest ihr alles zeigen.
Doch nicht *Du* hast *ihr* alles gezeigt, sonder *sie Dir*, immer
einen Schritt vor Dir, immer den Reiseführer in der Hand.

Sie hatte Dir die Stadt gezeigt in der Du aufgewachsen bist,
jede Straßenecke untersuchend, jedes Monument, jedes
Museum, jeden lächerlichen Baum am Straßenrand, jedes
Loch im Boden, doch immer mit der Bemerkung, dass es
woanders eigentlich schöner sei.

Du hast sie gehasst, wenn Du nur in ihre Augen geschaut
hast, ihr Mund immer offen.
Du wolltest nur Ruhe haben!
Ihre immer laute Stimme und unaufhörliches Gequatsche
hat Dich fast erdrückt.

„Wir müssen hier lang, das dort hab ich noch nicht gesehen. Und das da drüben auch nicht. Komisch, wie das hier alles ausschaut. Wir müssen noch das dort besuchen. Mein Chef hat gesagt... Meine Freundin hat gesagt... Im Reiseführer steht, man muß noch sehen...“

Du hast angefangen, die Stadt zu hassen.
Du wolltest ihr nur noch irgendetwas über den Kopf schlagen.

Du hast Dir nichts mehr gewünscht als Deine Ruhe.
Nur Ruhe!

Auf einmal bist Du froh, dass die Tür nicht klingelt!
Du bist froh, dass niemand anruft!
Du bist froh, dass keiner Deine Handynummer hat!

Du freust Dich, dass das Mädchen aus dem fünften Stock bald wieder aus dem Urlaub nach Hause kommt.

Du machst den Fernseher an. Es läuft gerade ein Fassbinder Film:

„Die Einsamkeit der Wölfe“.

Der Club

Er war gleich auf der Mulberry Street.
Gleich um die Ecke von dem Laden in dem Frank Sinatra
immer sein Brot gekauft hat. Jedenfalls dort wo man sagt,
daß Frank Sinatra immer sein Brot gekauft hat. Jedenfalls
dort, wo der, dem der Laden gehört, sagte, das Frank
Sinatra dort immer sein Brot gekauft hat.
Der Papst hatte auch schon eine Lieferung von ihm
bekommen.
Jedenfalls dann als er New York besuchte.

Der Eingang zum Club war gleich bei der Straße; eine
Glastür, die innen Rolläden hatte, zwischen zwei großen
Fenstern. Eine Metzgerei mit Würsten, die in Fenster
hingen zur Rechten, und einem Zigarrenladen zur Linken.
Es gab auch kein Schild, nur ein kleiner Klingelknopf, der
gedrückt werden mußte um hinein zu gelangen.

Der Club war auch nicht groß, eigentlich nur ein
mittelgroßer Raum, ein kleinerer Raum, der sich ihm hinten
anschloss und ein kleines Badezimmer, das davon wegging.
Eine kleine Küche mit einer Theke und einem Barhocker
im Eck.
Kisten und Kartons stapelten sich im hinteren Teil des
Zimmers, dutzende Ständer mit Kleidung, Mänteln und
Anzügen an der Wand.
Ein kleiner runder Tisch, mit einem großen Aschenbecher
in der Mitte, stand im vorderen Teil des Zimmers, gleich
beim Eingang. Fünf oder sechs nicht passende Stühle
standen um den Tisch. Holz oder abgewetzte Lederbezüge.
Ein Sessel irgendwo an der Seite. Ein Ventilator auf einer
Stange in der Nähe des Tisches.

Gleich auf der gegenüberliegenden Straßenseite, im zweiten Stock, war ein kleines Appartement.
Es gehörte zum Club. Sie hatten es für den Fall, dass jemand von auswärts mal auf Besuch kam. Es hatte früher dem Leibwächter von einem gehört. Das heißt, vor dem man ihn in den Kopf geschossen hatte.

Sie hatten sich immer im Club getroffen um Cappuccino zu trinken und Geschäfte zu machen.

Als er ein Junge war, war er manchmal mit seinem Vater hergekommen.
Als er älter war nahm ihn dann sein Vater nicht mehr mit.
Sein Vater wusste, dass es für ihn nicht gut sein würde, dort hin zu gehen.

Aber schon dann hatte er gewusst, dass es genauso wenig gut war für seinen Vater.

Der Captain

„Wohin solls' denn gehen", fragte der Fahrer, der gleich vor seinem Taxi wartend auf sie zu ging.

„Zum Hafen", antworteten sie.

Der Taxifahrer hatte dunkle, von der Sonne gegerbte Haut, war groß und sehr dünn, fast schon drahtig.
Das Taxi bestimmt schon fünfundzwanzig Jahre alt.
Es hatte gerade soviel Platz für das Gepäck, den Fahrer und zwei weitere Personen.

Also quetschten sie sich hinein. Die beiden auf den Rücksitz, ihre Koffer auf den Beifahrerssitz. Er schob seine rote Chaufeursmütze ins Gesicht und sie fuhren los.
Erst ging es ein Stückchen auf der Landstraße, dann auf die Autobahn.
Vorbei huschten die Pappeln am Fenster entlang, genauso wie die sonst karge Landschaft. Vorbei sauste der Fahrer um jede Kurve, jedes Schlagloch ausweichend.
Das kleine Gefährt schoss dahin wie der König der Landstraße. In den Kurven mussten sie sich an den Türgriffen festhalten um nicht davongetragen zu werden.

„Dies hier ist mein alter Freund. Er hat mich noch nie im Stich gelassen", meinte der Fahrer, als sie mit etwa spürbaren 180 kmh die Autobahn entlang brausten.

Jedenfalls schienen sie die Schnellsten unterwegs gewesen zu sein, alle anderen Autos überholend, die auch nicht gerade langsam zu fahren schienen.
Jedenfalls der Fahrer hatte alles fest im Griff.
Sein alter Freund und er wohl eins zu sein.

Sie hatten ein paar Tage am Mittelmeer verbracht und eigentlich wollten sie eine Bootsfahrt machen auf einer kleinen Yacht. Eigentlich mehr ein einheimisches Boot als eine Yacht und so ließen sie sich gleich zum Hafen fahren.

Eine große Staubwolke wirbelte auf, als sie mit voller Bremsung in den Hafen hinein schlitterten.
Sie stiegen aus, das Gepäck neben ihnen, sich umschauend nach dem richtigen Schiff.
Der Fahrer düste wieder davon.

Als sie ihr Boot entdeckt hatten, gingen sie Schritt für Schritt, ihr Gleichgewicht so gut wie möglich haltend, mit Koffer und allem über den am Boot befestigten Hängesteg entlang auf das Boot.
Es ähnelte eher einem alten Fischkutter als einer schnellen Yacht. Doch das hatte sie nicht gestört, für ein paar romantiche Stunden gut genug.
Sie wunderten sich nur, dass keiner sie begrüßte.

Auf einmal sprang der Captain aus der Kabine.
Von der Kleidung her war er schlicht, aber man erkannte in ihm den Kapitän an seiner weißen Kapitänsmütze, die besonders weiß wirkte im Kontrast zu seinem sonnengegerbten Gesicht.

„Ich begrüße Sie auf meinem Schiff", empfang er sie, auf sie zugehend.
„Entschuldigen Sie die Verspätung, aber manchmal rufen auch andere Pflichten."

Sie betrachteten ihn nun genauer und erstaunlicherweise, wie auch immer, es war ihr Taxifahrer von eben.
Er hatte nur die Mützen getauscht.

Also, Leinen los und klar Schiff! Der Motor wurde angelassen und sie fuhren dahin.
Sie fuhren nicht dahin, sie rasten dahin mit allen Pferdestärken, Knoten oder was auch immer so ein Schiffsmotor von sich geben kann.
Über die Wellen und die See.
Er hatte alles im Griff, der Captain.

Und so flog das Boot, seine Nieten alles irgendwie zusammenhaltend, über das Meer zur nächsten Insel, mit einer riesigen Bremsung in den Hafen hinein.

Sie verabschiedeten sich von ihrem Kapitän; eine Busrundfahrt um die Insel war nun angesagt.

Den Bus hatten sie gleich entdeckt. Platz genug für bestimmt dreißig, vierzig Personen.
Also bestiegen sie mit den anderen Touristen den Bus und setzten sich in eine der hinteren Reihen.
Es ging die Serpentinen entlang, hoch in die Berge.

Dann sprach der Busfahrer in sein Mikrofon.

„Darf ich Sie begrüßen zu dieser Inselrundfahrt. Halten Sie sich fest und ich werde im Laufe der Fahrt Ihnen die Sehenswürdigkeiten zeigen."

Die Beiden hatten den Busfahrer bis jetzt nicht beachtet, aber nach der Lautsprecherdurchsage hatten sie sich bemüht, ihn im Rückspiegel zu erkennen.
Sofort bemerkten sie das gegerbte Gesicht unter der blauen Busfahrermütze.
Kein Zweifel, es war er , ihr Kapitän.
Mit ihm erst im Taxi, dann im Boot, nun im Bus!

Und so sausten sie mit allen Sachen, die der alte Bus von sich geben konnte, durch die Insellandschaft des Mittelmeeres.
Serpentinen hoch und runter, sicher wie der Wind.
Er hatte alles im Griff, der Kapitän.

Am Abend bestiegen sie wieder ihr Boot und fuhren zur nächsten Insel, beziehungsweise sausten zur nächsten Insel.

Am nächsten Tag war ein Rundflug in einem Proppellerflugzeug angesagt.
Sie verließen das Boot und liefen hinüber zu dem kleinen Flugplatz. Das Flugzeug war schon dagestanden.

Sie blieben kurz stehen und schauten sich das Flugzeug aus der Ferne noch einmal an. Ein alter Doppeldecker.
Schon erkannten sie von hinten einen Mann, der die Keile von den Rädern zur Seite schob.

Er trug die Mütze eines Flugkapitäns.

„Du glaubst doch nicht wirklich....."

The Look of Love

Er fragte sich, ob die Dinge manchmal einfach sind wie sie
sind und man sie nicht ändern kann.

Ob das Schicksal die Dinge betimmt oder ob man sie doch
ändern könnte. Oder ob es das Schicksal ist, das einem die
Dinge ändern lässt oder auch nicht.
Oder ist alles eben nur ein großer Zufall.
War alles richtig wie es gelaufen ist oder nicht?
Dies fragte er sich immer wieder.
Er wollte nicht so weit gehen und die Frage nach dem Sinn
des Lebens stellen oder eine höhere Macht mit ins Spiel
bringen. Einfach die Frage, ob man manchmal die richtigen
Entscheidungen trifft oder getroffen hat oder nicht.
Ob alles dann doch seine Richtigkeit hat.
In vielen Dingen!
Ganz abgesehen von den vielen armen Schluckern auf der
Welt, abgesehen von wirklicher Not und Elend, abgesehen
von den übelsten Schicksalen, die es gibt.

Einfach nur im Kleinen. Einfach nur in Sachen Liebe.
Abgesehen von dem Bett, in dem wir schlafen müssen, von
dem Essen , das wir brauchen, ist die Liebe nicht das, das
die Welt sich drehen lässt?
Die Liebe zu deinen Mitmenschen, zu deinen Nächsten, zu
Freunden Eltern gar nur Nachbarn.
Doch besonders die Liebe zwischen Mann ind Frau!
Dies ist wohl die größte Macht, gäbe es denn sonst nicht
gerade auf dieser Ebene die meisten Tragödien,
Scheidungen , Eifersucht, Streit, doch auch das unendliche
Gefühl der Geborgenheit und Zweisamkeit.
Und hat man dieses Gefühl der Zweisamkeit, bleibt einem
immer noch das Gefühl der Hoffnung danach.

Denn diese Hoffnung lässt einen weiterleben.
Denn es heißt immer, die Hoffnung stirbt zuletzt.
Und meist ist die Hoffnung der Wunsch nach Liebe.

Neben dem Gefühl der Hoffnung gibt es auch das Gefühl
der Melancholie.
Doch die Melancholie ist Teil der Hoffnung.
Melancholie ist aber zu unterscheiden von Schmerz und
Ohnmacht.
Die Melancholie kommt erst danach, wenn es aufgehört hat
zu schmerzen.
Ein Gefühl, das nicht schmerzt, sondern nur mehr
Erinnerungen in sich trägt, meist sogar etwas versüßt. Die
Melancholie, in der man sich baden kann.
Natürlich kommt, wenn man an alte Tage oder
Beziehungen denkt, nicht immer Melancholie auf.
Manchmal bleibt nur der pure Zorn.
Mit dem Gefühl der Melancholie verbindet sich wieder die
Hoffnung. Der Gedanke an die Vergangenheit, mit der
Verbindung für die Hoffnung auf die Zukunft.
„Es war damals so schön, es wird wieder so werden."
Doch auch ohne Melancholie darf die Hoffnung nicht
sterben.

Melancholie hat mit Erinnerungen zu tun.
Manchmal sind es nicht die Erinnerungen als Ganzes, die
einen melancholisch werden lassen, vielmehr sind es
Augenblicke, an die wir uns erinnern. Kleine, vielleicht
ganz unbedeutende Augenblicke.
Ein kurzer Spaziergang. Der Moment eines Kusses, nicht
einmal unbedingt der erste finale wichtige Kuss, vielmehr
ein kleines Küsschen irgendwann einmal, das einem
einfach besonders in Erinnerung geblieben ist. Auch wenn
man es sich nicht erklären kann.
Ein Kinobesuch oder ein unbedeutender Abend vor dem
Fernseher.

Ein Lied. Ein Lied, das man einfach mal gehört hat.
Es sind die kleinen Dinge, die die Melancholie auslösen.
Es ist ein Gefühl der Traurigkeit, doch auch ein Gefühl des
Einhüllens in die Wärme der Vergangenheit, die, wie
gesagt, Kraft für die Zukunft gibt.

„The Look of Love"- Der Titel eines Liedes.

Wenn er an das Lied dachte, musste er immer an sie
denken.
An eine schöne Zeit, die dann endete.

Und wieder die Frage nach Zufall oder Schicksal.
War es die richtige Entscheidung oder nicht?

Es ist wohl einfach immer eine Mischung aus allem.

Jedenfalls, was auch immer richtig oder falsch war, es
bleibt einem immer die Melancholie und damit wieder die
Hoffnung.
Denn diese darf nie sterben.

Im Hintergrund spielte gerade ein Lied von Burt Bacharach.

La Dolce Vita

Die beiden Freunde saßen im Nachtzug nach Rom.
Fest entschlossen.
Gespannt auf die ewige Stadt. Rauschende Nächte, von Bar
zu Bar unterwegs auf den nächtlichen Straßen, im Trubel
der Menschenmassen.
Die ewige Stadt des brodelnden Lebens.
Als Papparazzi durch die Stadt. Immer auf Mastroianni's
Spuren.
Von schönen Frauen umgeben.
Mit dem Capriolet über die Via Veneto
Mit Anita Ekberg dann im Trevibrunnen badend.

Am Abend zuvor hatten die beiden Jungs gemeinsam im
Fernsehen La Dolce Vita angeschaut.
Sie wußten sofort, das sei der Ort, der sie braucht!
Der Ort der Berufenen!

Doch als sie ankamen, hatten sie irgendwie Mastroianni
nicht gefunden.
Den Trevibrunnen schon. Doch Anita Ekberg schwamm
nicht darin.
Auf der Via Veneto liefen ein paar rucksackbepackte
Touristen.

Sie fuhren mit dem Zug wieder nach Hause.

„Weißt Du", sagte der eine, „Neulich habe ich einen Film
gesehen, da....."

Lichter

Er konnte sich erinnern, als er als Kind einmal mitten in der
Nacht aufgewacht ist.
Er hatte geträumt gehabt.

Sein Zimmer war stockdunkel.
Er konnte kaum sehen.
Der Vorhang war fest zugezogen.
Er lag unter der Bettdecke und hat sich auf einmal
gefürchtet.

Er hatte geträumt von den Lichter in der Stadt.

Er hatte Angst, als er so unter seiner Bettdecke lag.
Er hatte Angst, dass sie vielleicht nicht mehr da wären.
Er verkroch sich tiefer unter seiner Bettdecke.

Dann stand er auf einmal auf, seinen ganzen Mut
zusammennehmend.
Er sprang aus dem Bett und rannte rüber zum Fenster und
riss den Vorhang auf.

Er blickte aus dem Fenster.
Sie waren alle noch da.

Alle Lichter der Stadt.

Wie Zwei im Regen

--

Ein Stück in einem Akt

Handlung

Personen: ein junger Schauspieler

Ort: ein kleines Theater

Ein junger Mann sitzt auf der Couch und ist eingeschlafen

*Neben ihm eine Theater–Requisite, die er aufbauen wollte,
ein Schrank oder so*

Als das Licht auf der Bühne angeht, wacht er auf

Er ist sehr verdutzt

Er steht auf und geht auf das Publikum zu

*Sein Vortrag humorvoll, jedoch mit leichter
Nachdenklichkeit*

Er:

Was ist denn los? Warum ist den auf einmal das Licht
angegangen und der Vorhang auf?

Er schaut auf die Uhr

Um Gottes willen, es ist schon acht.

Ich glaub, ich bin eingeschlafen.
Wieso sind denn die anderen nicht hier?

Er wendet sich direkt ans Publikum

Tut mir Leid. Ich muss Ihnen leider sagen, dass die
Vorstellung ausfallen muss. Ich habe verschlafen und die
anderen sind nicht da. Ich weiß nicht, warum. Das Stück
muss wohl ausfallen.

Er schimpft in sich hinein

Wieso muss mir das wieder passieren. Nur weil ich den
blöden Schrank aufstellen sollte.

Wieder zum Publikum sich wendend.

Es tut mir wirklich Leid. Ich muss Sie wohl wieder
heimschicken.

Er zögert etwas

Aber das wäre ja auch blöd.

Ach so, Sie wissen gar nicht, wer ich bin.

Ich bin einer der Schauspieler. Ich habe eine Rolle hier im Stück.
Aber jetzt bin ich eingeschlafen und keiner ist da. Außer Ihnen natürlich.
Vielleicht können wir noch ein bisschen warten. Die anderen müssen bestimmt bald kommen.
Dann können Sie vielleicht doch noch alles sehen
Ich muss sowieso meinen Schrank noch zu Ende bauen. Es ist mir wahnsinnig peinlich.
Vielleicht haben sie sich auch verspätet wegen dem schlechten Wetter und dem vielen Regen.
Die setzen mich immer für sowas ein, obwohl ich da gar nicht so geschickt bin. Aber deswegen bin ich wohl eingeschlafen.

Er nimmt einen Schluck Bier von der Flasche, die auf dem Tisch steht

Handwerker haben immer eine Flasche Bier zur Hand.
Ja, so ist das eben mit der Schauspielerei. Ein brotloser Job, aber trotzdem nicht der Schlechteste.

Jedenfalls muss man so nicht so früh ins Bett gehen.

Besonders leicht ist die Schauspielerei aber auch nicht.
Wissen Sie, was das Schlimmste an der Schauspielerei ist?
Das ist die Nervosität, die pure Angst, das Lampenfieber.

Die Minute vor dem Auftritt ist die Hölle, dann vergeht es wieder. Weil man dann nicht mehr sich selbst ist. Man ist irgend ein anderer.
Man kann sich verstecken hinter einer Maske, man muss keine Angst haben.
Die Dramatik, die Romantik, das Epische, Heldentum, die Liebe.
Um all dies geht es im Theater.

Er fängt an zu schauspielern

When shall we three meet again?
In thunder lightning or in rain?
When the hurlyburly's done.
When the battle's lost or won.

Ha ,Ha.

Er lacht, sich stolz zeigend

Das war Macbeth.
Oder wie wärs hiermit:

Ich erinner mich, einen armen Schelm gesprochen zu haben
als ich herüberkam, der im Taglohn arbeitete und elf
lebendige Kinder hat. Man hat tausend Louidore geboten,
wer den großen Räuber lebendig liefert – dem kann
geholfen werden.

Wieder zum Publikum

Hat das nicht Dramatik und Größe?
Der große Räuber opfert sich auf für Liebe und
Gerechtigkeit.
Leider geht es nicht so im richtigen Leben. Aber wenn man
Glück hat, schafft man es vielleicht doch auch im richtigen
Leben, die großen Werte an erste Stelle zu setzen.

Er nimmt noch einen Schluck Bier

Kennen Sie die zwei Polizisten, die manchmal hinten auf
der Kreuzung stehen
und bei regnerischen Wetter manchmal versuchen den
Verkehr zu dirigieren?

Der eine ist total durchnässt und in seinem
Gesichtsausdruck ist zu erkennen, dass er im Moment
überall anders sein möchte als gerade dort, wo er steht.
Seine Mütze ist ganz durchweicht vom Regen. Seine nassen
Haare fallen ihm in die Stirn.
Nur widerwillig winkt er die Autos weiter.

Sein Kollege dagegen steht stramm mit seiner Pfeife im
Mund, inmitten der Autos. Über seine Mütze hat er einen
Plastikschutz gezogen.
Jederzeit bereit für seinen Dienstherrn zu erledigen, was zu
erledigen ist. Pflichtbewusst, jedem Wetter trotzend.

Sind es verschiedene Mentalitäten oder nur Glück und
Unglück ?

Ich meine, was ist denn Glück?

Ist es Glück, das man mal wieder beim Schwarzfahren nicht
erwischt wurde?
Glück, dass die Kaffeemaschine, die Du neulich zwei Tage
vergessen hast auszumachen, nicht explodiert ist?

Unglück?

Unglück, dass Dein zehn Jahre alter Fernseher nicht mehr
zu reparieren ist?
Dass Du dann doch beim Schwarzfahren erwischt wurdest?

Er überlegt wieder

Oder wohl doch mehr?
Was bedeuten denn verschiedene Mentalitäten?

Meine Nachbarin von früher, zum Beispiel, war mit einem
verheiratet.

Seine Lieblingsschallplatte war Jonathan Livingston
Seagul.
Er ist überall mit der Platte rumgerannt und wenn er da war,
wo es einen Plattenspieler gab, hat er die Platte aufgelegt,
hat sich barfuß im Schneidersitz davorgesetzt, hat versucht
die Einsamkeit zu erfahren.
Jedenfalls bis so gegen acht, dann sollte man ihn wieder
abholen.
Seine Frau ist wahnsinnig dabei geworden.

Manchmal passt es einfach nicht. Aber dann kann halt
keiner was dafür.
Sie haben sich später scheiden lassen.

Mentalitätensache?
Nein, ich glaub einfach ein Idiot.

Oder die, die unten immer Schach spielen, Bierflaschen
neben ihren Plastiktüten.
Abends dann unter irgendwelchen Brücken.

Mentalitätensache? Glück? Unglück?

Nochmal nachdenklich

Ich kenne auch einen, der verkauft Würste, er war eimal
was anderes. Aber jetzt verkauft er Würste.
Ich glaube nicht aus Liebe zur Wurst.

Oder dann die eine! Die rennt rum und meint in jedem
zweiten Satz:

„ Ach das Leben hat uns ja so priviligiert"

Dumme Kuh, ich weiß nicht einmal, wie man ‚privilegiert'
schreibt.

111

Und ich glaub, so geht es vielen anderen auch.

Andere wieder:
Umstruktuieren, Absätze ausrechnend und
Produktionskosten vergleichend, mit Wörtern um sich
schmeißend wie Produktplacement oder
Investmenthandling, solange irgend etwas irgendwie auf
Englisch heißt, ist es gut.
Und dabei sind sie insgesamt zu blöd um nur ein normales
Buch zu lesen, geschweige denn, es auch zu verstehen.

Wohl doch Mentalitätensache.

Er atmet durch und trinkt einen Schluck Bier

Wenn es nur immer so wäre wie im Film.
Am besten wie Butch Cassidy und Sundance Kid.
Zwei Helden des Westens, sie hatten nie aufgegeben mit
ihren Träumen.
Immer frei und gegen den Strom.

Obwohl,
 er zögert

Die sind zum Schluss auch erschossen worden.

Kein Happy End

Er geht etwas in sich

Ich meine, könnte es denn nicht im Leben mehr so sein wie
im Theater. Ich meine, so daß immer das Gute zum Schluß
gewinnt und der Böse verliert.
Wär es nicht schön, wenn alles nur aus Liebe geschehen
würde?

Er fragt das Publikum

Mögen Sie Musik?
Ich lege Ihnen meine Lieblingsplatte auf.

Im Eck steht ein alter Plattenspieler.
Kennen sie Mr. Bojangles?

Die Musik kommt
Er macht dazu ein paar Tanzschritte wie damals Sammy
Davis
Die Musik hört auf
Er wieder zum Publikum

Hatte auch kein Happy End!
Haben Ihnen meine Tanzschritte gefallen?
Naja!

Er geht wieder etwas in sich und lacht

Können Sie sich vorstellen, ich hab sogar mal was studiert.
Richtig mit zwei Staatsexamen und so.
Sogar richtig bestanden und so.
Aber was solls.

Er macht eine abwertende Bewegung

Natürlich ist auch Geld wichtig. Abgesehen davon, dass
man es zum Überleben braucht, ist es auch nicht schlecht,
sich schöne Sachen zu kaufen.
Aber es sollte halt nicht überhand nehmen.
Es sollte höhere Werte geben.

Er läuft über die Bühne

Irgendwie hätte ich Lust auf eine Zigarette.

Ich glaub, hier darf man nicht rauchen.
Aber, es ist ja egal.
Es ist ja keiner da, der es sieht!

Er zündet sich eine Zigarette an

Die Liebe zum Theater ist etwas ganz anderes.
Deswegen bin ich hier: wegen der Liebe zum Theater.

Ja, ja, die Liebe!
Eine schwierige Sache.
Es ist nicht leicht, sich in den richtigen Menschen zu
verlieben. Ich meine den, der wirklich passt.

Er überlegt

Ich war mal mit einer weg.
Ein sehr nettes Mädchen.
Sie wohnte irgendwo außerhalb.
Obwohl ich normalerweise eine Depression
kriege, wenn ich mich nur kurz außerhalb des Mittleren
Rings bewegen muss.
Wir waren irgendwo essen, dann waren wir wieder im
Auto, um irgendwo etwas zu trinken, aber da war nichts.
Ein kleines Hotel stand plötzlich am Wegesrand.
Ich schlug vor, wir könnten doch ins Hotel gehen.

Sie wollte sofort nach Hause.
Sie dachte irgendwie, ich bin ein Schwein.
Ich hab sie nicht mehr gesehen.

Aber ich sagte ja schon eben, ich bekomme Depressionen
außerhalb des Mittleren Rings.
Naja, oder die andere. Die Schöne. Sie war wirklich schön.
Nach dem Essen sagte sie mir, sie müsse sich jetzt die

Haare waschen gehen, sonst kriegt sie den Rauch nie
wieder raus.
Aber so viel habe ich doch gar nicht geraucht.
Naja, es war schon eine halbe Schachtel an dem Abend.
Vielleicht auch etwas mehr.

Er zögert etwas

Aber ich war auch ein bisschen nervös.
Ich sagte doch, sie war so schön!

Er werkelte etwas weiter an seinem Schrank.
Er geht wieder näher ans Publikum

Er lächelt etwas

Da fällt mir noch etwas ein.
Ein anderes Mädchen.
Wir waren irgendwo, ich kann mich nicht mehr erinnern
wie die Stadt hieß. Ich glaub, ich wusste auch nicht wie die
Stadt hieß, als ich da war. Es war ihre Idee.

Ich war in der muslimischen Welt. Jedenfalls hatte sie es
immer so bezeichnet. Ich musste mir eine Woche lang
anhören, wie interessant es war zu beobachten, wie sich die
Christliche Welt der Arabischen annähert, in dem wir dort
unten im Sand sitzen! Eine wunderbare Annäherung der
Kulturen.
Ihre Faszination für alles war unendlich.
Sie hatte sich schon immer für den Islam interessiert.
Ein paar Wochen vorher war es der Buddhismus.
Über die Unterdrückung der Schwarzen in Amerika will ich
jetzt gar nicht anfangen.
Jedenfalls waren wir jetzt auf Allahs Spuren, im Kampf um
die Vereinigung der Kulturen der Welt.
Ich bin dabei halb wahnsinnig geworden.

Da war noch einer dort.
Er und sie waren nur am Austausch von „Kulturellem".
Am liebsten hätten sie einen einheimischen Tanz hingelegt.
Am Straßenrand saß dann einer, in dieser Stadt, wie gesagt,
ich habe deren Namen vergessen; er saß dort im
Schneidersitz mit seiner Hand geöffnet, sie vor sich hin
haltend.
Daraufhin fragte dieser Mensch den Führer der kleinen
Tour, ob die Gestik des Mannes wohl religiöse
Hintergründe habe.

„Nein!", antwortete der Führer,
„Finanzielle!"

Sie kamen zu dem Ergebnis, dass der Führer uns nicht
teilhaben lassen wollte an seiner Kultur.
Als ich einem weiteren Bettler ein paar Mark hinlegte, ich
kann mich nicht mehr erinnern, was die dort für eine
Währung haben, meinte er, ich wäre wohl wahnsinnig,
soviel Geld zu geben, er hatte gelesen, ein
durchschnittlicher Mensch verdiene hier eh nur fünf Mark
am Tag.

„Die sollten froh sein, dass wir überhaupt hier sind und so
viel Geld da lassen", meinte er auf einmal, wohl kurz den
einheimischen Tanz vergessend.
Ich gab dem Bettler daraufhin zehn Mark.

Sie konnte mich nicht verstehen.

Ein leicht böses Lachen

Soviel zur Annäherung der Kulturen.

Sie war wirklich ein schönes Mädchen.
Schöne lange blonde Haare und so.

Doch wir hatten uns sehr schnell wieder getrennt.
Außerdem, war ich ja auch ein „Kulturbanause".
Wir konnten uns gegenseitig nicht mehr ertragen.
Ich will nicht böse sein, aber, auch wenn ich sie geliebt hab,
es hat halt nicht gepasst.

Außerdem konnte ich nicht verstehen, dass ich immer mein
Auto waschen sollte. Als ich mein Schnitzel mit meinem
Baseballschläger weichklopfen wollte, ist sie ausgerastet.

Wäre dies eine Sitte aus dem Amazonasgebiet oder
Hinterasien gewesen.....

Aber wie gesagt, es ist einfach nicht leicht.

Er geht wieder in sich

Manchmal weiß ich gar nicht so genau, wie man sich
verhalten soll?
Ich meine, muss man sich den immer anpassen?

Er nimmt wieder einen Schluck Bier

Ich meine, ist man denn ein schlechter Mensch, nur weil
man früher immer Papierflugzeuge von der Gallerie des
Audi Max geschmissen hat, oder nur weil man am auto-
freien Tag als Einziger mit dem Auto kommt?
Ja, Ja.

Er lacht schelmisch

Den ganzen Parkplatz ganz für sich allein.
So lange man niemandem weh tut!

Er geht wieder zu seinem Kästchen

Ich finde, es stellt sich die Frage nach den Prioritäten.
Eine anständige Abwägung.
Sollten wir nicht erst nach unseren eigenen Werten
schauen? Werte von Liebe und Nächstenliebe und
Rücksicht unseren Nachbarn und Mitmenschen oder
unserem direkten Partner gegenüber?
Den Einzelnen zu beachten, bevor man wieder fasziniert ist
über jede fremdartigste Kultur, die doch immer fremd
bleiben wird, bevor man sie einfach als selbstverstänlich
neben sich und mit sich leben läßt!

Aber sich lautstark einsetzen für dieses Miteinander und
den Frieden auf der Welt!
Vielleicht sollten wir erst vor unserer eigenen Tür kehren,
vordem wir uns Höherem hingeben, wie für den
Weltfrieden kämpfen und gegen den Krieg protestieren!

Aber es ist leichter, sich für den Weltfrieden einzusetzen,
als zu versuchen, sich weniger mit dem Nachbarn zu
streiten, oder gar mit seiner eigenen Frau.
Es ist eben leichter, in der Masse solidarisch gemeinsam
unterwegs zu sein, die allgemeine Meinung des Volkes
teilend.
Aber selbstverständlich alle *Individualisten*, alle
selbstverständlich *die eigene Meinung* habend, zum
Ungehorsam erzogen, immer zum Widerstand bereit.
Doch trotzdem immer die allgemeine Meinung
vertretend.

Er hält kurz inne

Ich bin nicht so!

Er war nicht so!

Ich habe meine Ideale.

An denen halte ich fest!

Das Schlimme ist, hin und hergerissen zu sein zwischen dem, was verlangt wird von einem, und dem, was man wirklich will, wenigstens irgendwie schafft.

Wie die zwei Polizisten im Regen.
Wahrscheinlich stecken die beiden in jedem von uns.

Als ob die beiden eine einzige Person wären.
Einen Zwiespalt in sich selbst tragend.

Nie genau wissend, ob so oder so.
Der Korrekte oder der Unkorrekte?
Der Glückliche oder der Unglückliche?
Nur ein bisschen Glück und Liebe!
Was führt uns denn?

Ist es eine Mentalitätensache oder nur Glück und Unglück?
Ist alles Schicksal oder Zufall?

Er geht näher ans Publikum

Vielleicht einfach eine Mischung aus allem.

Die Mischung, die in uns allen ist, nur kommt das eine mal mehr zum Vorschein als das andere.

Wie zwei im Regen!

Er pausiert wieder

Nicht einmal bei seiner Beerdigung bin ich gewesen.
Ich habs nicht gewusst.
Ich habs erst später erfahren.

Das Blut war im ganzen Zimmer verteilt.
An den Fenstern an der Decke überall.

Er hatte sich die Pistole in den Mund gesteckt gehabt.

Mein bester Freund!

Wir hatten zusammen unsere erste Zigarette geraucht.

Er legt sein Kopf in die Hände
Dann wieder gefasst

Jedenfalls bin ich jetzt hier am Theater.

Er pausiert
Immer noch in sich gekehrt,
Stimmen sind zu hören
Die anderen Schauspieler bewegen sich hinter der Bühne.

Ich glaub, ich höre die anderen.
Sie sind jetzt wohl angekommen.

Zum Publikum

Schade, jetzt, wo wir uns so gut unterhalten haben.
Ein bisschen Geduld, wir fangen gleich an.

Der Vorhang fällt

Er kommt wieder hinter dem Vorhang hervor

Er flüstert zum Publikum

Vielleicht können wir uns ein andermal wieder unterhalten.
War mir eine große Ehre.
Er pausiert nochmal kurz, dann etwas nachdenklich

Sind wir nicht alle irgendwie wie die zwei im Regen.

Er pausiert wieder kurz
Dann lauter

Ich denk an Dich alter Freund!

Er verschwindet hinter dem Vorhang

Das Mittelmeer

Er faltete das Stück Papier in der Mitte zusammen, dann
wieder, er faltete die vier Kanten wieder in der Mitte.
Das kleine Boot setzt er nun in das ruhige Wasser und er
beobachtete, wie es dahin trieb.

Seine Bekannte kam angeschlendert.
„Bist Du auch wieder hier? Wie geht's Dir denn?",
adressiert sie ihn gleich und setzte sich neben ihn.
„Mir geht's gut, danke, aber wollte Dir auch gleich sagen,
daß ich bald nicht mehr hier sein werde. Ich werde nämlich
auf einem Boot im Mittelmeer wohnen."
„Ach so", sagte sie, „Du willst wohl auf einem Boot
anheuern?"
„Nein, ich will nicht auf einem Boot anheuern. Ich will
mein eigenes Boot haben. Nichts besonders luxuriöses aber
trotzdem ein kleines Segelboot mit einem Koch und einem
Kapitän! Ich will dann durch das Mittelmeer fahren, das
ganze Jahr. Immer die Küste entlang, und an den Orten, die
mir gefallen, anlegen. Einfach das Mittelmeer genießen.
Das habe ich mir fest vorgenommen!"
Die zweite Bekannte kam angeschlendert und setzte sich zu
den beiden.
„Wie geht's Euch denn? , fragte sie.
„Hat er es Dir schon erzählt? Er will auswandern an das
Mittelmeer, auf ein Boot!"
„Ach so", sagte sie und fragte, „Willst Du wohl auf einem
Boot anheuern?"
„Nein", meinte die andere wieder, „er will sein eigenes
Boot haben mit Koch und Kapitän!"

„Ach so, dann schätze ich, dass er uns doch noch eine
Weile am Pool erhalten bleibt!"

Die beiden Mädchen breiteten ihr Badetücher aus, setzten ihre Sonnebrillen auf und drehten sich Richtung Sonne.

Er beobachtete das kleine Boot, wie es im Wasser trieb.

Ein Gespräch forts.

"Hallo, ich hoffe, ich störe Dich nicht gerade.
Ich dachte, ich komm einfach mal vorbei, wir hatten ja
heute ins Auge gefasst."

"Ja, ich weiß, aber wir hatten heute *nur* ins Auge gefaßt, ich
muß gleich wieder weiter, mein Vater holt mich ab."

"Schade, ich dachte wir könnten uns einen netten Abend
machen."

"Ich muß wirklich gleich gehen. Wir sehen uns bestimt
nächste Woche."

Er nimmt sie in die Arme.

Nach einer kurzen Umarmung drückt sie ihn wieder weg.

„Was ist denn los?
Unzählige Monate habe ich um Dich gekämpft. Dann habe
ich Dich über ein halbes Jahr nicht mehr gesehen.
Du warst es, der mich wieder kontaktiert hat.
Warum?
Was ist denn los? Du weißt, dass ich Dich liebe. "

"Ich bin noch nicht so weit. Man hat sich das ganze Leben
nur um mich gekümmert. Ich muß erst lernen auf eigenen
Füßen zu stehen."

"Aber ich sorge mich um Dich. Ich liebe Dich und ich
werde immer für Dich da sein."

"Ich glaube Dir, aber ich muß erst meinen eigenen Weg finden."

"Mein Traum ist die Liebe zu einem netten Mädchen."

"Ich glaube Dir, dass Du mich liebst. Schau, ich trage immer noch die kleine goldene Kette, die Du mir geschenkt hast.
Ich brauch nur ein bisschen Zeit."

"Warum?
Kennst Du die zwei Polizisten, die immer an der Kreuzung stehen, wenn es regnet, der eine immer total durchnässt, der andere immer trocken und sauber!
Du weißt einfach nicht, was Du willst. Du bist wie die beiden.
Lass uns unsere Träume behalten. Laß sie wahr werden.
Das sollte das Wichtigste sein."

"Ich habe auch meine Träume.
Ich bin nur noch nicht so weit. Ich brauch nur noch ein bisschen Zeit.
Ich weiß, ich bin wie die zwei im Regen."

"Wenn Du mich nicht liebst, dann sag es einfach. Du mußt mir nur sagen, dass du mich nicht liebst, dann lass ich Dich in Ruhe."

"Ich muß jetzt gehen. Lass uns nächste Woche darüber reden.
Ich bin nächste Woche wieder da."

Sie geht zur Eingangstür.

Er ruft ihr nach:

"Ich liebe Dich!"

Ruhe….

Sie bleibt stehen, dreht sich um und antwortet sanft:

"Ich liebe Dich auch!"

Sie verlässt die Wohnung.

Er wusste, dass sie nun endgültig zu ihm gehörte.

Die vielen Gesichter der Stadt

Er blickte hinunter auf die Gesichter der Stadt.

Im Westen hatte sich die Sonne zu einem orangenen Ball geformt und ging langsam unter. Genau zwischen dem Fernsehturm und dem neu entstandenen Hochhaus. Irgendwie wie ein übergroßer Tennisball!

Er blickte wieder über die Straßen.

Er konnte den großen Park erkennen, der mit dem künstlichen See. Ein alter Mann hatte dort einen Bootsverleih.
Nicht weit weg war eine U-Bahn Station mit einem Zeitungskiosk.
Ein bisschen weiter weg war, von hier aus ein bisschen schwer zu erkennen, die alta Villa mit dem kleinen Pool. Er hatte diesen Sommer endgültig zugemacht.
Vorbei am Hauptbahnhof hinter der Altstadt konnte er eine Bar vermuten, die einmal dort gewesen war.

Intensiver schaute er über die Straßen.

Nun konnte er auch die Frau erkennen, die immer den Einkaufswagen schob. Das Mädchen, das ihren Teddy liebte; er konnte sie gut erkennen.
Die Wohnung von jemandem, den er einmal gut kannte; ganz in seiner Nähe.
Ein kleiner Friseursalon war zu sehen.
Bestimmt noch einer, der Geschichten schrieb!
Die kleine Anna.

Den, den sie Uncle Arthur nannten, er war bestimmt auch
da. Bestimmt auch der, der Tony hieß.
Den, der Wassermelonen kaufte; die, die Ringe blies.

Auch seinen Freund und natürlich sie.

Er schaute und konnte sie erkennen:

Die vielen Gesichter der Stadt.

Epilog

Wahr oder unwahr? Erfunden oder wirklich
erlebt? Immer wieder stellt sich die Frage, ob
Dichtung oder Wahrheit.

Immer wieder werde ich gefragt, ob die
Geschichten, die ich erzähle, von mir selbst
handeln. Bin also der Held meiner Geschichten
ich selbst?

Das ist natürlich keine schlechte Frage.
Jeder Schriftsteller bringt sich selbst in seine
Erzählungen ein. Man kann sich selbst nicht
weglassen.
Es sind ja seine eigenen Gefühle, Gedanken,
Eindrücke, Anschauungen. Einfach Meinungen
seiner selbst, die man einbringen will, und nicht
zuletzt auch gar nicht anders kann.
So geht es wohl jedem, der schreibt. Man kann
sich selbst nicht ausklammern.
Ich kann natürlich nur für mich sprechen, aber
glaube, dies verallgemeinern zu können.
Soweit zum Einbringen der eigenen
Persönlichkeit.

Aber wie schaut es aus mit den Geschichten, mit
dem Erlebten, mit der Handlung.
Dies ist wieder eine andere Frage.

Wie gesagt, Dichtung oder Wahrheit?
Sind die Handlungen erfunden oder nicht?
Auch hier bin ich der Meinung, dass bei jedem
Schriftsteller eine Art Wahrheit zu finden ist.
Auch wenn viel hinzugedichtet und erfunden
wird.
Eine Art realen Bezug gibt es wohl meist.
Irgend ein Schlüsselerlebnis gibt es fast immer.
Eine Inspiration, eine wahre Situation, die eine
Veranlassung gibt.
Einfach eine Beobachtung, die die Phantasie
anregt. Vielleicht nur eine kurze Beobachtung,
vielleicht sogar eine ganze Observation.
Man muss auch nicht unbedingt im Mittelpunkt
jedes Geschehens sein, wie gesagt, eine kurze
Beobachtung, gar nur im Supermarkt, kann
ausreichend sein.
Wichtig ist hierbei, überhaupt in der Lage zu sein,
zu beobachten und dabei Situationen zu
erkennen, die verwertbar wären, sozusagen "eine
Geschichte wert sind".
Manche können Monate um die Welt fahren und
„bringen keine Geschichten mit", andere müssen
nur mit dem Fahrstuhl fahren.
Inwieweit es sich um ein wirkliches Erlebnis,
oder nur um ein sogenanntes Schlüsselerlebnis
handelt kommt auf den einzelnen Schriftsteller an
und auf das einzelne Werk.

Manch einer hat auch nur eine starke Phantasie und braucht keinen Bezug zu Erlebtem oder Geschehenem.

Meiner Meinung nach gibt es, abgesehen von einer großen Portion Phantasie und großem Einfühlungsvermögen, dennoch meist einen realen Bezug.

Inwieweit dieser geht, ist wie gesagt, vom Einzelfall abhängig.

Zurück zur Frage.

Handelt es sich bei meinem Titelhelden um mich selbst und alles ist somit wahr?

Manches ist mehr wahr, manches ist weniger wahr.

Manches ist auch ganz wahr.

Irgendwie ist dann doch alles wahr, denn irgendwie ist „ER" wie wir alle.

Denn alles wiederholt sich.

Mal mehr, mal weniger.

Ich kann nur eines sagen, wahr ist, die beiden Polizisten gab es wirklich. Sie standen vor ein paar Jahren, an einer Kreuzung auf der 14. Straße in Washington D.C.

Auch wenn es dunkel ist und man nicht mehr
so viel sehen kann,
egal wo,
doch wenn man sich bemüht, und ganz genau
schaut und nochmal schaut, kann man sie
bestimmt erkennen.
Ihn, sie, seinen Freund und all die anderen.

„....Wahr sind auch die Erinnerungen, die wir mit uns tragen; die Träume, die wir spinnen, und die Sehnsüchte, die uns treiben...."

Heinrich Spoerl

....